전준한의 오페라 식당

전준한의 오페라 식당

전준한 지음

살림

Only the pure in heart can make a good soup.

영혼이 깨끗한 자만이 맛있는 음식을 요리할 수 있다.

– 베토벤 –

이토록 맛있는 오페라,
이토록 멋있는 삶의 무대

빨간 토마토소스, 투명한 노란빛 올리브오일, 싱그러운 초록의 바질잎, 황금빛과 붉은색의 와인, 새까만 발사믹 식초……

나의 식탁 위에선 맛있고 멋있는 음악이 연주된다. 눈으로, 코로, 그리고 입으로, 귀로 즐기는 맛과 노랫소리가 함께 있는 곳. 나의 식당을 방문할 손님들을 기다리며 음악을 틀고 주방을 밝히는 매일 아침, 오늘도 삶이라는 무대에 오를 준비를 한다. 그리고 이렇게 중얼거린다.

'오늘도 살아 있어서 감사합니다.'

오늘은 내가 살아 있는 날 중 제일 젊은 날. 그렇기에 오늘 내가 하는 일이 최선의 일이고 오늘이 일생 중 제일 행복한 날이다. 어쩌면 너무 당연한 오늘이라는 시간이 또 한 번 주어져서 감사하다. 살아 있는 것만으로도 기적인데 행복하지 않을 이유가 있을까? 내 곁의 아내에게도 "여보, 고마워!", 아들에게도 "아들아, 아빠가 고마워!"라는 말이 습관처럼 나온다.

하지만 오늘의 노래가, 식탁 위의 음식이 당연하지 않던 시절이 나에게도 있었다.

오래전 이탈리아의 한 콩쿠르에 나갔을 때였다. 유학 시절 생계수단이었던 관광가이드 일정을 마치자마자 콩쿠르 장소로 숨 가쁘게 달려갔다. 남에게 빌린, 바퀴 축이 부러져 덜컹거리는 똥차를 끌고 베네치아 인근의 작은 도시에 도착했다. 일 끝나고 쉬지도 못하고 달려와 너무나 피곤했다. 제대로 된 음식 사 먹을 돈은 없고, 기운도 없고, 기운이 빠지니 한국 음식이 먹고 싶고, 로마에 두고 온 아내는 보고 싶고……

허름한 호텔 방에 짐을 풀자마자 아내가 바리바리 실어준 작은 전기밥솥을 꺼냈다. 밥을 지어 아내가 싸준 볶음김치와 고추장에 비벼 한 톨도 남기지 않고 먹었다. 원래 룸에서 취사를 하면 안 되기 때문에 창문을 활짝 열어 환기를 한참 시켰다. 다음 날, 그렇게 해서 나간 콩쿠르에서 상을 받았다. 이탈리아에 가서 처음으로 받은 상이었다.

그 후 많은 세월이 지났다. 어떤 날은 주저앉아 엉엉 울었지만, 또 어떤 날은 이보다 더 행복할 수 없을 것처럼 웃었다. 그날들 내내 나를 살아 있게 해준 건 '꿈'이었다. 지금 이 순간의 나를 계속해서 살아 있게 해주는 유기적인 역할을 해주는 꿈.

내 꿈은 성공이나 명예나 돈에 대한 게 아니었다. 그저 오늘 하루의 행복에 대한 거였다. 그런 하루하루가 쌓이다 보니 어느 날은 오페라 무대 위에서 노래를 부르는 성악가가 되었고, 또 어느 날은 주방에서 프라이팬을 달구는 요리사로도 살고 있었다.

'요리하는 성악가'라는 타이틀로 방송을 탄 이후 하루 일과가 조금 더 분주해졌다. 멀리서 일부러 나의 식당을 찾아오는 손님들도 늘었고, 동네에서 내 얼굴을 알아보는 이웃들도 꽤 많아졌다. 하지만 내 삶이 달라진 건 아니다. 여전히 나는 오늘 시장에서 구할 수 있는 가장 싱싱한 재료를 가지고, 이탈리아 어디에선가 먹어보았던 가장 생생한 기억을 되살려, 누구나 편하게 먹을 수 있는 한 접시의 음식을 만든다. 그러다 어디선가 나를 부르면 목청을 가다듬고 연미복 갖춰 입고 무대에 올라 행복한 노래를 부른다.

무대와 주방. 겉보기에 달라 보이지만 알고 보면 다 같은 삶의 무대다. 예전에 누군가가 이런 질문을 했었다. 성악가로서 무대에서 가장 중요하게 생각하는 게 뭐냐고. 난 이렇게 대답했다. 객석에 앉아 있는 사람들과 나의 정서적 교감이라고. 가수는 그저 무대에서 노래하고 관객은 그저 점잖은 척 앉아 있다 가는 게 아니라 매 순간 그 공간 안에 있는 모든 이들과 같은 걸 느끼고 같이 행복해하는 거다. 주방에서도 똑같다. 요리를 만들어 접시에 담고 나면 끝나는 게 아니라, 주방에 맨 처음 들어선 순간부터 내가 내보낸 접시가 마지막으로 빈 접시가 되어 다시 내 앞에 돌아올 때까지가 요리다. 내가 만든 음식으로 한 끼 식사를 마친 손님과의 교감, 오가는 눈빛과 인사 한마디, 그 모든 게 요리다.

그래서 내겐 무대와 주방이 다른 곳이 아니다. 난 원래 몹시 게으르고 제멋대로인 사람이지만 신은 놀랍게도 내가 게으르게 있지 못하게끔 다양한 무대들을 주셨다. 화려한 오페라 무대부터, 식당에서 테이블 밀어놓고 마련한 작은 무대까지, 여행객들로 꽉 찬 이탈리아의 관광버스부터, 불기운 가득한 주방까지. 어떻게 보면 다 고된 무대들이다보니 동분서주하며 노래도 하고 요리도 하며 사는 게 힘들 때도 많았다. 그런데 이제는 그마저도 즐길 줄 아는 내성이 생겼다. 한 해 한 해 더 단단해지는 모양이다.

나의 노래, 내가 만든 음식, 그리고 나의 이야기가 대단하지는 않더라도 민들레 홀씨 같은 존재가 되었으면 좋겠다. 어딘가로 날아가 꽃을 피우고 또 씨앗을 남기고 또 날아가는 바람 같은 이야기. 이 책을 읽는 모든 독자들이 이 이야기로 인해 오늘 하루 좀 더 행복해지기를 바란다.

2018년 오스테리아308에서

전준한

Contents

Part01
맛있는 오페라, 감미로운 이탈리아 요리

Part02
내 인생의 성악가에게 바치는 요리

Part 03
요리하는 성악가의 인생 식탁

Part01

맛있는 오페라,
감미로운 이탈리아 요리

가장 아름답고 혹독한 시절

: 모차르트의 〈마술피리〉와
짭짤한 안초비 피자

스물아홉의 첫 오페라 무대

'처음'이라는 말은 언제 들어도 설렘을 준다. 첫 무대, 첫 유학길, 첫 콩쿠르, 첫 배역, 첫 방송…… 그 모든 '첫' 순간들을 떠올리면 가슴이 벅차오르지만 한편으론 힘들었던 기억도 많다.

내 인생의 첫 오페라 무대는 모차르트의 〈마술피리〉, 내 나이 스물아홉 살 때였다. 성악가의 첫 무대가 스물아홉 살 때라고? 남들보다 늦은 게 맞다. 연세대 성악과에 입학한 건 군대 제대하고 무려 스물여섯 살 때였다. 성악과 학생들이 매년 정기 오페라 무대를 마련하는데 4학년 때 섰던 그 무대가 나의 첫 오페라 무대다. 나는 〈마술피리〉의 주인공 중 하나인 '자라스트로' 역을 맡았다.

　분주한 무대 뒤 대기실에서 분장을 하고 의상을 갈아입으며 '전준한'에서 '자라스트로'로 변신하는 동안 심장이 두근거렸다. 힘들게 선택한 성악가의 길이었다. 예고도 아닌 외고를 나와 남들처럼 정식으로 성악 수업을 받지도 못했고, 무모했던 첫 입시에선 당연하게도 고배를 마셨다. 어머니의 엄청난 반대를 무릅쓰고, 돈을 벌기 위해 도시락 배달 아르바이트를 하면서도 꿈을 버리지 않았던 20대의 나날들. 그렇게 청춘을 보내고 서른 즈음에야 처음 선 무대였다.

　그러나 그 무대는 내 기억 속에서 가장 힘들었던 무대였다. 무대 자체의 음향이 좋지 못해 소리 전달이 제대로 안 됐던 것이다. 당시 공연장은 한 방송국의 음악홀이었다. 원래 방송용 무대는 오페라 공연에는 썩 적합하지 않다. 무대의 소리들이 골고루 퍼지지 않기 때문이다.

　〈마술피리〉에서 자라스트로는 무대 제일 뒤쪽에서 낮은 음성으로 호령하는 역할이다. 안 그래도 베이스나 바리톤 같은 저음역대는 테너나 소프라노 같은 고음역대 가수에 비해 소리가 덜 두드러지게 들리는데, 하물며 자라스트로가 서는 위치 자체가 무대 앞이 아닌 뒤다. 몇 달 동안 열심히 준비한 공연이었지만 노래하는 내내 내 목소리가 객석에 제대로 전달되지 못하고 있다는 게 느껴졌다.

　노래하는 사람의 목소리가 듣는 사람들에게 제대로 전달되지 못한다는 건 수치스럽고 당황스런 일이다. 심혈을 기울여 준비했는데도 무대가 악조

건이어서 내 역량을 충분히 선보이지 못했다고 생각하니 너무나도 실망스러웠다. 내가 못 해서가 아니라 음향시설 때문이라고! 이렇게 하소연하고 싶었지만 성악가란 오로지 목소리로만 말할 수 있는 법. 누구에게도 속상한 마음을 전할 수 없었다.

나의 첫 무대는 그렇게 끝났다. 씁쓸했고, 허탈했고, 상처도 받았다. 그러나 그렇게 실망스럽던 첫 무대의 경험이 그 후 내 노래와 삶에 중요한 가치관을 만들어줬다. 그건 바로 '전달'이다.

지금까지도 나는 어떤 무대에 서든 '전달'을 중시한다. 큰 오페라 무대든, 식당에서 가까운 사람들 모아놓고 마련하는 소박한 무대든, 내 소리가 사람들에게 제대로 전달되는지를 늘 신경 쓴다. 연주가 훌륭하다고 꼭 좋은 무대가 만들어지는 건 아니다. 때로는 내가 최선을 다했는데도 내 노력이 사람들에게 제대로 전달되지 못할 수도 있다. 무대에 서는 사람이라면 그것까지 준비할 수 있어야 한다.

세월이 흘러 '성악가'에서 '요리하는 성악가'가 된 지금도 마찬가지다. 음식은 주방에서 멋들어지게 잘 만드는 게 끝이 아니다. 주방에서 열심히 만든 음식이 손님들에게 잘 전달되고 맛에 대한 교감이 오고 가야 비로소 그 음식은 완성된다. 노래도 음식도 소통은 그렇게 해서 이루어진다.

행복과 이상, 그 뒤에 숨겨진 시련

〈마술피리〉에서 대중적으로 가장 유명한 장면은 고음의 콜로라투라의 기교가 빛나는 '밤의 여왕의 아리아'일 것이다. 소프라노 조수미도 이 아리아로 명성을 얻었고 지휘자 카라얀으로부터 '신이 내린 목소리'라는 극찬을 받았다. '밤의 여왕'이 신비로운 마법과 감성의 세계라면 '자라스트로'는 지혜와 이성의 세계다. 소프라노의 '밤의 여왕'이 극한의 기교를 뽐낸다면 베이스의 '자라스트로'는 장중하고 묵직한 음색으로 그녀와 대결한다.

모차르트의 다른 오페라들이 정통 오페라라면 〈마술피리〉는 '징슈필 Singspiel: 중간에 노래가 삽입된 연극'이라는 장르로 당시 서민들에게 친숙하던 민요 선율들이 들어가 있다. 가사도 외국어인 이탈리어가 아니라 빈 사람들 누구나 알아들을 수 있는 독일어로 되어 있다. 공연장 밖의 소란스런 장터에서 입장권을 산 사람들은 이 공연을 보며 깔깔 웃고 고된 삶의 시름을 잠시 잊었을 것이다.

〈마술피리〉는 당시에도 인기가 대단했지만 요즘에도 매우 인기 있는 오페라 중 하나다. 어린이용 가족오페라로도 많이 나오는데 '밤의 여왕'이나 '자라스트로' 같은 인상적인 캐릭터가 나와서 아이들도 재미있어 한다. 그런데 많은 전문가들이 분석한 것처럼 원래 이 작품에는 모차르트의 프리메이슨 이념이 곳곳에 들어가 있다. 프리메이슨은 영국에서 시작된 일종의 비공개 단체인데 모차르트가 바로 프리메이슨 회원이었다고 알려져 있다.

그들은 자유, 평등, 박애사상 등을 지향하며 다양한 활동을 했다. 〈마술피리〉가 4분의 3박자로 철저하게 계획돼 있는 것, 자라스트로·파미노·파미나의 삼각구도, 나팔소리 세 번, 시녀 세 명, 아이 세 명처럼 3이라는 숫자가 계속 나오는 것, 입단의식이나 상징에서 드러나는 많은 것들이 바로 프리메이슨의 영향이다. 그러면서도 표면적인 주제는 권선징악이다. 모차르트가 겉으로 이야기하는 것 속에 진짜 이야기하고자 하는 것이 숨어 있고, 2차원적으로 보이는 것과 더 깊이 3차원적으로 해석되는 것이 또 다르다. 어른을 위한 오페라이면서도 얼마든지 어린이용 작품도 될 수 있으니 곱씹을수록 참 놀라운 작품이다.

이런 〈마술피리〉를 작곡할 당시 모차르트는 가난하고 병들고 죽음을 앞두고 있었다. 후원자는 세상을 떠났고, 돈이 바닥 나 빚쟁이들에게 시달렸고, 처자식을 벌어 먹여야 했다. 그 힘든 상황에서 만든 오페라가 아이러니하게도 밝고 익살스럽고 서민적인 작품이다. 선량한 주인공들이 시련을 이겨내고 행복해진다는 줄거리 속에 음악의 이상향을 담아낸 모차르트는 이 공연을 올린 지 몇 달도 안 돼 세상을 떠났다. 시신도 어디 묻혔는지 모르는 초라한 죽음이었다.

위대한 예술가들의 삶이 알고 보면 가난과 병으로 얼룩져 있었다는 이야기가 누군가에게는 낭만적으로 들릴지도 모른다. 그런데 그게 정작 내 삶이 되면 얘기가 달라진다. 이십 대의 마지막 해에 이 작품으로 첫 무대의 쓴맛을 봤던 나는 이듬해 이탈리아로 유학을 떠났다. 그 후 내 앞엔 정말

이야기 속에서나 나올 법한 가난한 예술가의 삶이 펼쳐졌다. 참 힘들고 혹독했던, 그러나 내 인생에서 가장 치열하고 아름다웠던 10년이 될 줄 그땐 상상도 못했다.

대학 4학년 때 아내와 결혼하고 나서 이탈리아의 페루지아에 도착한 건 이듬해인 2001년 3월, 아직 겨울바람이 가시지 않은 추운 계절이었다. 이탈리아 땅을 밟고 공항에서 맡은 첫 밤공기, 춥고 습했던 첫 단칸방의 곰팡이 냄새가 지금도 생생하다. 그리고 그 땅에서 맛보았던 '첫 피자'의 맛도.

피자의 본고장인 이탈리아 본토에서 맛본 첫 피자라니! "얼마나 환상적으로 맛있던지 눈물이 다 나더라니까요!" 같은 얘기가 나와야 할 것 같지만 반전이 있다. 그건 그냥 '충격적인 맛'일 뿐이었으니까.

충격적인 첫 피자

식 올린 지 몇 달 안 된 부부가 이탈리아에 도착한 첫날밤, 제대로 된 방은커녕 남의 집 거실 구석에 매트리스 깔고 웅크리고 잤다. 한국에서 미리 방을 구해놓았지만 중간에 브로커하고 집 주인하고 뭔가가 어긋나면서 오밤중에 갑자기 오갈 데가 없어졌기 때문이다. 급한 대로 브로커 집에서 신세를 지고, 얼마 후 값싼 반지하 원룸을 구했다가, 한 달 만에 강도가 들어와 싹 다 털리고, 한동안 남의 집 마루에서 얹혀 지내다가, 다시 겨우 원룸을 구해 나가고…… 낯선 땅에서 신혼부부가 감당하기에는 참 서럽고 호된 나날들이었다.

아무리 춥고 돈 없어도 밥은 먹어야 했다. 그래도 이탈리아에 왔는데 뭔가 먹을 만한 게 있겠지! 시내에 나가보니 여기저기 음식점 간판들이 있었다. 그중 우리 부부의 눈에 '피쩨리아_{pizzeria}'라는 간판이 눈에 띄었다. 피자를 파는 곳인가 보다! 피자는 다른 음식에 비해 낯설지 않고 가격도 저렴한 음식이었다. 늦은 저녁이라 배는 고프고 어딜 들어가야 할지 모르겠어서 우선 아무 데나 들어갔다. 어리바리한 동양인 부부가 발을 들인 그 가게 안은 피자를 주문하는 이탈리아 사람들로 꽉 차 시장바닥처럼 소란스러웠다. 엉거주춤 줄을 서긴 했는데 뭘 어떡해야 할지 '멘붕'이 왔다.

"여보, 우리 뭐 주문해야 돼?"

"그, 글쎄. 사람이 이렇게 많은 걸 보니 다 맛있겠지?"

우리 차례가 되자 머리가 하얀 이탈리아 할아버지가 뭐라 소리를 지르며 주문을 재촉했다. 얼떨결에 앞에 있는 메뉴판을 보니 맨 위에 '피자 나폴레타나'라는 이름이 있었다. 맨 위에 있으니 가장 대표적인 피자겠지? 고민할 새도 없이 주문한 후 포장된 그대로 집으로 들고 돌아왔다. 그런데 포장을 딱 열자마자 우리 둘 다 입을 벌리고 말았다. 토핑으로 커다란 멸치가 잔뜩 있는 게 아닌가!

"이게 뭐야?"

"이거 피자 맞아?"

사온 거라 안 먹을 수도 없고, 배는 고프고 해서 한 입 베어 물었는데 그건 정말이지 평생 잊히지 않을 맛이었다.

"이건 소금 맛이 아니야. 염전 맛이야!"

짜도 그냥 짠 게 아니라 혀가 얼얼하고 쏩쓸하기까지 한 소금 맛, 아예 염전에 혀가 붙은 것 같은 강렬한 짠 맛이었다. 알고 보니 그건 안초비 피자였다. 안초비는 우리나라의 멸치젓과 비슷한 지중해 지방의 염장 생선인데, 나폴리 지방 사람들이 이 안초비를 즐겨 먹는다 해서 안초비를 올린 피자를 '피자 나폴레타나'라고 한다.

강렬한 짠 맛, 그 안의 단 맛

우리나라 사람들이 젓갈을 담가먹는 것처럼 이탈리아를 비롯한 지중해 지역, 바닷가 인근에 사는 사람들은 해산물을 절인 음식을 많이 해먹었다. 옛날에는 해산물을 오래 보관할 수 없었으니까 염장을 해서 먹었다. 생선 절임에는 비타민, 무기질, 칼슘 같은 영양분이 풍부하다. 그래서 빵만 먹으면 부족해질 수 있는 영양소를 보충해준다.

나폴리뿐만 아니라 베네치아에서도 안초비를 즐겨 먹었다. 베네치아는 베네토 주에 속해 있는 지역인데 베네토 주는 예로부터 옥수수를 많이 재배했다. 그런데 옥수수만 먹으면 비타민 부족으로 괴혈병에 걸리기 쉽다.

그래서 사람들은 빵에다 안초비를 곁들여 먹기 시작했다. 베네치아 사람들은 '폴렌타'라는 이름의 옥수수 전병 모양의 빵에다 안초비나 케이퍼 같은 절임음식을 싸서 먹는다. 짭짤한 맛도 일품이고 영양소도 고루 섭취할 수 있다.

안초비를 올린 피자는 나폴레타나 말고도 또 있다. '푸타네스카puttanesca' 소스를 올린 피자인데, 이 소스는 안초비를 기본 재료로 하고 올리브와 케이퍼, 방울토마토, 양파, 올리브유를 비벼 만든다. '푸타네스카'는 창녀라는 뜻으로 과거 매매춘이 합법이던 시절의 나폴리 지역의 창녀들이 주변에서 구하기 쉬운 재료를 이용해 만들어 먹기 시작했다는 데서 유래한다. 푸타네스카 소스는 튀김이나 닭고기 요리를 찍어먹는 소스로도 쓰인다.

안초비는 내가 정말 좋아하는 지중해 음식 중 하나다. 지금도 안초비를 빵에 얹어 먹거나, 안초비 피자를 잘 하는 레스토랑에 일부러 찾아가서 먹기도 한다. 품질 좋은 안초비는 무조건 짜기만 한 것이 아니라 그 안에 단맛과 감칠맛이 있어 먹으면 먹을수록 매료된다.

하지만 처음 이탈리아 땅을 처음 밟은 그때 만난 안초비 피자의 맛은 쇼킹 그 자체였다. 안초비가 뭔지도 몰랐을 뿐더러 그 짠 맛이 너무 낯설었다. 배고파서 꾸역꾸역 먹었다가 새벽에 배탈이 나서 둘이 번갈아 가며 화장실 변기 붙잡고 다 토했던 기억이 꼭 어제 일 같다. 다음 날 기진맥진해서 아내와 이런 얘기를 했다.

"우리 여기서 어떻게 살지? 살아남을 수 있을까?"

오리지널 이탈리아 음식을 접한 호된 신고식 같았다. 그랬던 내가 이탈리아 음식의 맛에 홀딱 빠져 이탈리아 전국 방방곡곡을 돌아다니며 온갖 음식을 맛보고, 귀국해서는 이탈리아 식당을 차리다니. 그 아이러니 속에 인생의 재미가 있다. 가난하고 서러웠던 10년 유학생활이 내 인생에서 가장 아름답고 감사한 시절로 남은 것처럼 첫 안초비 피자의 그 무지막지한 짠 맛도 내 마음속에 영원히 남아 있다.

잊지 못할 인연, 잊지 못할 맛

: 베냐미노 질리의 〈물망초〉와
토마토소스 파스타

어서 와! 목숨은 살려드릴게

성악의 본고장에서 제대로 노래 공부를 하겠다는 꿈을 안고 떠난 이탈리아. 하지만 낯선 땅에서의 생활은 만만치 않았다. 멋도 모르고 주문한 안초비 피자를 먹고 탈이 난 것쯤은 아무것도 아니었다. 얼마 후 강도를 당해거의 전 재산을 싹 다 털린 것이다!

페루지아에 도착한 지 한 달쯤 되었을 때였다. 겨우 어찌어찌 구한 집은 반지하에 있는 낡은 원룸이었다. 너무 어둡고 습해서 며칠만 살아도 없던 병이 생길 것 같았다. 나중에 안 거지만 그나마 집세도 바가지를 써서세 배나 더 냈다. 어수룩한 젊은 동양인 부부이니 사기 치기 딱 좋았을 것이다.

　유럽은 반드시 물을 사먹어야 해서 늘 무거운 생수통을 지고 조심조심 계단을 내려가야 했는데 하루는 어두운 계단에서 발을 헛디뎌 물통과 함께 나동그라졌다. 허리를 삐끗했는지 한동안 잘 걷지도 못할 정도로 몸이 아팠다. 그런 상황에서 집에 강도가 들어왔다. 어느 날 아침, 눈을 뜨는데 유난히 머리가 아프고 기분이 이상했다. 자리에서 일어나보니 비좁은 집 안이 폭격을 맞은 것 같았다.

　"여, 여보! 이게 뭐야?!"

　아내 얼굴이 하얗게 질렸다. 얼마 안 되는 소지품은 다 파헤쳐졌고 바닥에는 낯선 발자국들이 어지럽게 찍혀 있었다. 일단 경찰에 신고를 했지만 이미 소용없었다. 잠자는 우리 부부 얼굴에 수면가스를 뿌리고 우리가 기절한 사이 다 털어간 거였다. 경찰 조사 결과 발자국이 세 명이었다. 셋이 얼마나 여유 있게 털어갔던지 방에는 그들이 피우고 버린 담배꽁초도 있었다.

　우린 하루아침에 거지가 됐다. 도착하면 당장 현금이 좀 필요할 거라고 해서 현금을 600만 원 정도 가지고 있었는데 그 돈 전부는 물론이고 결혼반지, 시계, 캠코더까지 알뜰하게 쓸어갔다. 결혼식 비용도 아끼고 줄여서 유학비용이라고 마련한 게 2000만 원. 그중에서 집 구하고 어쩌고 하면 사실 남는 게 거의 없다. 그중 당분간 쓸 현금과 얼마 안 되는 패물마저 강도를 당한 것이다. 문득 집주인도 공모자였을 수 있다는 생각이 들었다. 외국인 유학생이 오자마자 귀신 같이 알고 강도가 들이닥쳤기 때문이다. 지금 생각하면 안 죽은 게 다행이다. 그래도 목숨만은 살려줬으니 얼마나 고마운지!

이탈리아 현지인의 첫 저녁 초대

결국 페루지아를 떠나기로 했다. 현지의 유학생 선배들에게 수소문을 한 끝에 우선 로마에 사는 지인 집에 얹혀 지내기로 하고, 허탈하고 비참한 기분으로 얼마 안 되는 짐을 챙겨 이사 준비를 했다.

그런데 그런 우리 부부를 걱정스럽게 지켜보는 이가 있었다. 이웃집 할아버지였다. 우리가 살던 곳 옆의 아담한 집에는 여든도 넘어 보이는 노부부가 개 두 마리를 키우며 살았는데 전부터 알게 모르게 우리한테 신경을 써주셨다. 부탁도 안 했는데 쓱 오셔서는 문도 뚝딱뚝딱 고쳐주고 늘 인사도 먼저 건네셨다. 그 동네에서 겨우 한 달 남짓 지냈지만 그렇게 마음 써주시는 게 고마웠다. 그래서 떠나기 전날 서툰 이탈리아어로 손편지를 써서 건넸다.

'저희는 이제 로마로 떠납니다. 그동안 우릴 위해 애써주셔서 감사합니다.'

그런데 별것 아닌 그 편지를 읽는 할아버지의 눈시울이 붉어지는 것이 아닌가! 그러고는 이렇게 말씀하셨다.

"오늘 우리 집에 와서 저녁 먹고 가게나."

뜻밖의 저녁 초대에 우리 부부는 깜짝 놀랐다. 이탈리아 현지인이 차려주는 오리지널 가정식이라니! 설레는 마음으로 그 집 문을 두드렸다.

할머니가 우릴 위해 해주신 음식은 토마토소스 파스타였다. 인스턴트 토마토소스가 아니라 신선한 방울토마토를 으깨고, 직접 기른 화분에서 금방 딴 바질 잎을 올리고, 치즈를 갈아 뿌렸다. 입안에 가득 퍼지는 신선한 토마토 향과 올리브유의 풍미! 그렇게 맛있는 토마토 파스타는 난생 처음이었다. 아내와 서로 쳐다보며 감탄을 했다.

"세상에, 어떻게 이렇게 맛있을 수가 있지?"

어찌 보면 소박한 파스타인데 세상 그 어떤 근사한 요리가 부럽지 않았다. 후식으로는 할머니가 직접 내린 에스프레소와 '파네토네panettone'라는 빵이 나왔다.

"이건 명절 때 먹는 빵이야."

옆에서 보면 둥근 돔 모양이고 위에서 보면 별 모양인 이 빵은 밀가루를 천연 효모로 반죽한 다음 달콤한 절임 과일을 넣어 만든다. 크리스마스나 부활절 같은 명절 때 커피나 와인과 함께 곁들여 먹는다. 이탈리아의 전통적인 발효 기술이 들어간 발효빵으로 오래 보관해도 촉촉함이 유지된다.

신선한 파스타에 달콤한 후식을 대접받으며 꼭 고향 할아버지네 집에 온 것처럼 마음이 따뜻해졌다. 그렇게 마음 편한 식사를 해본 게 얼마만인지! 그런데 음식을 다 먹을 무렵 할아버지가 일어서더니 내게 손짓을 했다.

"이리 와봐. 보여줄 게 있어."

그러면서 이렇게 물었다.

"자네 학생이지? 노래 공부한다며?"

고개를 끄덕이자 할아버지가 작은 방의 문을 열고 뭔가를 가리켰다. 그가 가리킨 것은 액자 속에 있는 낡은 흑백사진이었다. 할아버지는 가운데 있는 인물을 짚으며 말했다.

"이 사람이 베냐미노 질리라네. 그리고 요 옆에 있는 꼬마가 나일세."

"네에? 베냐미노 질리라고요?"

전설적인 테너 베냐미노 질리! 할아버지는 어릴 적에 어린이 합창단에서 노래를 불렀다고 한다. 그런데 그때 베냐미노 질리와 공연을 한 적이 있다는 것이다.

상처의 기억이 위로의 추억으로

베냐미노 질리Beniamino Gigli, 1890~1957는 엔리코 카루소를 잇는 이탈리아의 세계적인 명 테너로, 클래식을 좋아하는 사람들은 '질리가 곧 진리다'라며 엄지손가락을 치켜 올리는 성악가이다. 그는 산타 체칠리아 음악원에서 공부한 후, 1914년 파르마 국제 콩쿠르에서 1위를 하고, 메트로폴리탄 오페라단과 코벤트가든 오페라극장 등 미국과 유럽에서 활동했다. 탁월한 미성을 지닌 데다 오페라 아리아에서 이탈리아 가곡까지 폭넓은 레퍼토리를 가지고 있다. 바로 그 질리의 사진이 내 눈앞에 있었다. 나도 모르게 할아버지 손을 덥석 붙잡았다.

"우와, 세상에, 정말 영광이에요!"

"자네가 노래를 한다기에 이걸 꼭 보여주고 싶었다네."

다음 날 아침, 노부부와 마지막 작별인사를 했다. 할아버지가 "잘 가게" 하면서 주름진 손으로 포옹을 해주시는 순간 눈물이 왈칵 났다. 춥고 낯설고 야박했던 이탈리아의 첫인상. 그동안의 상처가 눈 녹듯이 사라지고 있었다.

나중에 로마 국립 오페라극장 '테아트르 델 오페라Teatro dell'Opera di Roma'에 갔을 때 페루지아의 그 노부부가 생각났다. 1880년대부터 오페라 공연을 했던 유서 깊은 이 극장은 밀라노, 나폴리의 극장과 더불어 이탈리아의 3대 가극장으로 불리는 곳이다. 베냐미노 질리도 당연히 이곳에서 공연을 했을 뿐더러 이 극장 앞에 '베냐미노 질리 길'도 있을 정도로 이탈리아인들이 사랑했던 성악가다.

그가 불렀던 노래치고 아름답지 않은 곡이 없지만 그중에서도 나는 '물망초나를 잊지 말아요, Non Ti Scordar Di Me'라는 가곡을 주저 없이 꼽는다. 이탈리아 시인 도메니코 푸르노의 시에, '돌아오라 소렌토로'를 작곡한 이탈리아 작곡가 에르네스토 데 쿠르티스가 곡을 붙인 노래다. 역대 내로라하는 성

악가들의 주된 레퍼토리 중 빠지지 않는 곡인데 그중 맨 처음 부른 성악가
가 바로 베냐미노 질리다.

내 기억 속 페루지아는 유학 가서 처음 상처를 받은 곳이지만 위로도 함
께 받은 곳이다. 하필 이웃집 할아버지가 전설의 테너 베냐미노 질리와 공
연을 했던 분이라는 것, 그분 내외로부터 따뜻한 저녁 한 끼를 대접받은 것
도 정말 특별한 추억이다.

페루지아를 떠난 후 그 노부부를 다시 만나지는 못했다. 그 대신 나는
그때 대접 받은 가정식 토마토소스 파스타의 맛을 잊지 않았다. 그리고 세
월이 지난 지금, 딱 그때 그 맛 그대로의 파스타를 내 손으로 만들어 손님
들에게 내드린다.

생 바질과 그라나 파다노 치즈를 올린

토마토파스타

Non Ti Scordar Di Me

나를 잊지 말아요

Partirono le rondini

dal mio paese freddo e senza sole,

cercando primavere di viole

nidi d'amore e di felicita

la mia piccola rondine parti

Senza lasciarmi un bacio,

senza un addio parti

Non ti scordar di me

la vita mia e legata a te;

io t'amo sempre piu

nel sogno mio rimani tu

Non ti scordar di me

la vita mia e legata a te

ce sempre un nido nel mio cuor per te

non ti scordar di me

해 없이 추운 이 땅에

제비떼 모두 떠나갔네

제비꽃 향기로운 꿈을 찾아

따스한 그의 보금자리로

나의 정든 작은 제비도

한 마디 말도 없이

내 곁을 떠났네

나를 잊지 말아요

내 맘에 맺힌 그대여

밤마다 나의 꿈속에

그대 얼굴 떠오르네

나를 잊지 말아요

내 맘에 맺힌 그대여

나 항상 그대를 기다리네

나를 잊지 말아요

가장 심플한 음식이 가장 화려하다

: 푸치니의 〈토스카〉와
카초 에 페페

예술가의 격정의 도시

1800년대 나폴레옹 시대. 구체제에 대항하는 자유주의자들이 새로운 시대를 꿈꾸던 때였다. 아름다운 오페라 여가수 토스카와 화가 카바라도시는 서로 사랑하는 연인이었다. 하지만 토스카의 미모에 반한 경찰청장 스카르피아는 그녀를 차지하기 위해 카바라도시에게 정치범 누명을 씌워 없애려고 한다. 스카르피아는 사생아에 천민 출신으로 경찰청장까지 올라간 인물이다. 하지만 높은 지위를 얻게 되자 폭군으로 변하여 탐욕의 화신이 되고, 토스카에게 연인 카바라도시를 살려주는 대가로 자신과의 하룻밤을 요구한다. 토스카는 자신을 범하려는 스카르피아를 칼로 찔러 죽이고 연인

에게 달려가지만 카바라도시가 총살당했음을 알게 되고 절규하며 투신자
살한다. 푸치니의 오페라 〈토스카〉의 내용이다. 테너인 카바라도시와 바리
톤인 스카르피아가 대결 구도로 나오고 살인, 고문, 질투, 계략, 자살, 폭력
이 난무하는 '막장 드라마' 같은 격정적인 이야기가 펼쳐진다.

마지막 장면에서 토스카가 뛰어내리는 곳이 바로 로마에 있는 산탄젤로
성Castel Sant'Angelo: 천사의 성이다. 테베레 강변에 있는 고풍스러운 산탄젤로
성처럼 로마는 여기저기 유적과 건물마다 역사가 살아 있는 도시이자, 토
스카와 카바라도시 같은 예술가들의 도시이다. 관광객들로 늘 북적거리는
스페인광장 앞에는 고급 레스토랑과 카페가 늘어선 거리가 있는데 그중에
는 안데르센이 차를 마시던 가게도 있고 괴테가 즐겨 찾던 카페도 아직 남
아 있다. 스페인 대사관이 들어서면서 스페인광장이라는 이름이 붙었지만
이곳엔 영국인들이 차린 찻집도 있고 프랑스인이 만든 건물도 있다.

다양한 외국 문물이 어우러진 역사와 예술의 도시 로마는 나의 이탈리
아 유학생활의 터전이 된 곳이다. 페루지아에서 한 달쯤 지내다 로마로 건
너간 우리 부부는 지인을 통해 알게 된 한 유학생의 집에서 임시로 머물렀
다. 월세를 나눠 내며 남의 집 마루에서 얹혀 지내기를 6개월. 신혼에 눈치
도 보이고 아내에게도 너무나 미안해서 어렵사리 월세 460유로짜리 원룸
을 구해 나왔다. 나중에 민박집을 차리기 전까지 한 6~7년을 이 작은 원룸
에서 살았다.

결혼해서 가정이 꾸려지면
어느 순간 가정이 나의 온 우주가 된다.

아들이 태어나고 나서
그 우주는 더 안정적인 궤도에 올랐다.

우리 부부는 2010년 귀국하기 전까지
2년 동안 로마에서 한인민박집을 운영했다.

…

십여 년의 유학생활을 접고 귀국하기 전
가이드와 유학생, 둘 다 아닌
아빠와 남편으로서 처음 보낸 가족여행.

학교 밖의 학교, 무대 밖의 무대

로마 생활은 내 삶에서 가장 중요한 터닝포인트였다. 여행 가이드 일을 시작해 생계를 유지할 수 있었고, 이탈리아 곳곳에서 열리는 콩쿠르에 참가하고 훌륭한 스승들을 만나며 내 목소리를 성장시켜 나갔다.

나중에 사람들은 이런 질문을 많이 했다. 힘들게 유학 가서 왜 학교는 안 다니고 가이드 일을 하며 10년씩이나 살았냐고. 이유는 간단하다. 생계 때문이다. 유학비용을 마련해서 간 게 아니라 현지에서 돈을 벌어가며 공부하기로 하고 '어떻게든 되겠지'라는 생각으로 무작정 간 거였다. 유학생이 돈을 벌 수 있는 일은 많지 않았고 그중에서 선택한 게 여행 가이드였다. 그럼 외국에서 가이드를 할 만큼 이탈리아어에 능통했냐고? 그것도 아니다. 한국에 있을 때 언어교육원에서 딱 6개월 배운 게 다였다. 연습용 총만 잡아본 훈련병이 갑자기 전쟁터에 나간 거다. 그냥 '본 조르노'부터 시작해 깡으로 버텼다. 예를 들어 오늘 당장 한국인 관광객 30명을 데리고 피렌체에 가야 하는 상황이면, 필요한 회화 표현만 급히 익힌 후 현지 버스 기사에게 전화부터 한다. 이쪽에서 더듬더듬 말을 하면 상대방이 내 수준에 맞춰서 천천히 말을 해준다. 그렇게 해서 점점 더 많은 이탈리아 사람과 이야기를 하다 보면 자연스럽게 늘 수밖에 없다. 살아남기 위한 생존의 어학이니까.

로마에 정착하고 나서 첫 가이드 일을 한 날은 지금도 똑똑히 기억이 난다. 9.11 테러가 있었던 날이었던 것이다. 피렌체에서 첫 일을 무사히 끝내고 로마로 돌아오는데 친한 선배로부터 전화가 왔다.

"준한아! 뉴스 들었니? 뉴욕 쌍둥이 빌딩이 무너지고 있단다!"

"예에? 아니, 형! 그게 무슨 말이에요? 무슨 그런 농담을 하고 그러세요?!"

그길로 집으로 달려갔는데 아내 얼굴이 새파래져 있었다. 나의 막내 이모가 미국에 살고 계셨기 때문이다. 텔레비전을 틀어 뉴스 화면을 두 눈으로 보고도 영화의 한 장면처럼 비현실적이었다. 다행히 막내 이모는 뉴욕에 계시지 않아 무사하셨다.

어쨌든 로마에 정착하면서 유학생이자 여행 가이드로서의 이중생활이 시작되었지만, 아이러니하게도 학생으로서의 생활은 아주 짧았다. 로마에 간 지 얼마 안 되어 나는 그 유명한 산타 체칠리아 음악원에 입학했다. 1566년에 세워진 로마의 국립음악학교, 소프라노 조수미가 공부한 바로 그 학교다. 수많은 예비 음악가들이 들어가고 싶어 하는 그곳을 별다른 준비도 하지 못한 채 무작정 입학시험을 보러 갔다. 실기를 치르고 면접을 보는데 학장님이 물었다.

"너 이탈리아 온 지 얼마나 됐니?"

"4개월이요."

"노래는 누구한테 배웠니?"

"아무한테도 안 배웠는데요."

루쩨로 레온까발로 국제콩쿠르.

콩쿠르에 나가면 늘 2등, 3등만.
자존심이 상해
"1등 한번 하고 끝내자!" 하고
서른여덟에 마지막으로 나갔던 콩쿠르.
우승! 1등!!

면접관들이 어이가 없다는 듯이 웃음을 터뜨렸다. 한국에서 늦은 나이에 음대를 다녔을 뿐 유명한 현지 성악가에게 레슨을 받은 적도 없었으니 그렇게 대답할 수밖에 없었다. 면접관들의 표정을 보고 나는 떨어진 줄 알았다. 너무 준비 없이 시험을 봤으니 그럴 만 했다. 그런데 뜻밖에도 붙었다. 이탈리아에서 가장 권위적인 음악학교인 데다 국립학교라 모든 합격자는 세금만 내면 학비 전액을 지원받을 수 있었다.

하지만 명문학교에 합격해놓고도 수업에 나가지를 못했다. 매일 가서 수업을 들으려면 도저히 일과 병행할 수가 없었다. 그 무렵 아내가 쓰러지는 사건이 벌어졌다. 학업을 시작한 나 대신 생활비를 벌기 위해 미용기술을 배워서 미용 일을 시작했는데, 독한 약품에 중독돼 응급실에 실려 갔다. 의식을 잃은 아내가 깨어나길 기다리며 결심이 섰다.

'안 되겠다. 이럴 순 없다. 이건 아니다.'

결국 합격한 지 한 달 만에 담당교수님에게 가서 휴학을 하겠다고 말했다. 교수님은 단호하게 안 된다며 허락을 안 해주셨다. 실기 차석으로 입학한 나를 나름 좋게 봐주시고 가능성을 인정해주셨기에 담당교수 입장에서는 아까웠던 거다. 교수님 허락도 못 받은 상태에서 무단결석하는 날이 계속되었다. 주변 친구들이 "준한아, 교수님이 자꾸 너 찾으신다."라며 소식을 전해줄 때마다 이렇게 말했다. "그냥 나 죽었다고 해."

그렇게 휴학생도 아닌 무단결석생인 채로 가이드 일을 계속 하는데 하루는 스페인광장에서 관광객을 인솔하던 중 하필 그 교수님과 딱 마주쳤다. 스페인광장에서 학교가 멀지 않으니 얼마든지 우연히 마주칠 수 있었다. 나는 당황한 나머지 관광객들도 버려두고 스페인광장 반대쪽으로 줄행랑을 쳤다. 일단 피하고 보자는 생각으로 막 달려가는데 문득 내 모습이 너무 웃기면서도 슬펐다.

'가만있자…… 근데 내가 지금 왜 도망을 가고 있지?'

별생각이 다 들었다. 성악 배우겠다는 일념 하나로 이 먼 나라까지 와서는, 남들은 못 가서 안달인 명문 음악학교에 들어갔는데, 기껏 들어간 학교를 생활비 버느라 못 다닌다니…… 그래도 집세 내고 먹고 살려면 일을 안 할 수 없었다. 나중에 'Privata'라는 인증시험을 보고 수료를 하긴 했지만 수업을 들은 기간은 한 달밖에 되지 않았다.

진짜 수업은 오히려 학교 밖에서 이뤄졌다. 조금 자랑하자면 나는 한국 여행사로부터 자주 지명을 받는 인기 가이드였다. 일단 베이스 목소리 톤이 어딜 가나 사람들을 주목시켰다. 그 다음엔 재미있는 설명으로 사람들을 웃겼다. 같은 역사를 설명하더라도 딱딱한 이야기보단 재미난 비하인드 스토리를 풀었다. 가이드를 하려니 역사, 문화부터 음식까지 모르는 게 없어야 하는데 그러기 위해 책으로도 공부하지만 여기저기서 귀동냥도 하고 이탈리아 현지 사람들한테 물어봐가면서 온갖 지식을 다 주워 담았다. 다른 가이드는 안 해줄 나만의 이야기를 해주기 위해서이다.

관광객들 앞에서 여행 가이드를 할 때도, 오페라 무대에서 노래를 할 때도, 주방에서 요리를 할 때도 내가 가장 중요하게 생각하는 건 그때나 지금이나 변하지 않았다. 그건 바로 사람들의 리액션과 소통이다. 관광객이 깔깔 웃도록 머릿속에 쏙쏙 들어올 설명을 하는 것, 무대가 크든 작든 관객과 교감하는 노래를 하는 것, 손님이 잘 먹었는지 반응을 살피고 빈 그릇까지 점검하는 요리사가 되는 것. 관광버스도, 음악홀도, 주방도, 내겐 다 같은 무대였다. 학교 밖의 또 다른 학교였다.

이탈리아 음식과 사랑에 빠지다

페루지아에서의 충격적인 안초비 피자 이후 나는 이탈리아 요리와 점점 사랑에 빠졌다. 가이드 일을 하면서 전국 방방곡곡을 다니며 맛본 이탈리아 음식은 신세계였다. 내겐 이탈리아 전국이 거대한 요리학교였다. '이야, 파스타라는 게 이런 맛이구나!', '오! 이런 걸 모차렐라 치즈라고 하는 거구나!' 하는 감탄의 연속이었다. 이탈리아 음식의 맛을 알면 알수록 복잡함보다 간단함이, 화려함보다 소박함이 매력이라는 것을 알게 됐다.

로마는 오랜 옛날부터 외국의 문화 유입과 교류가 용이했던 도시다. 고대 로마시대에 로마에서 전 유럽으로 뻗어나가는 길 터가 지금도 남아 있고, 로마인들의 공회장으로 쓰였던 '포로 로마노'라는 유적지에 가면 그 옛날 로마가 얼마나 거대한 제국을 이뤘는지 알 수 있다. 유럽의 중심지이자 로마를 통해서 유럽 다른 지역으로 갈 수 있었던 도시였기 때문에 예로부터 로마의 문화가 곧 유럽의 문화였던 시절도 있었다.

이런 유서 깊은 역사와 화려한 문화를 가진 도시의 음식은 화려하기보다 의외로 간단한 게 많다. 그중에서 내가 생각하는 가장 로마다운 음식은 '카초 에 페페Caccio e Peppe'라는 이름의 소박한 파스타이다. 파스타면을 삶아 좋은 올리브유를 뿌린 후, 이탈리아의 대표적인 치즈 중 하나인 '그라나 파다노'라는 치즈 가루와 굵은 후춧가루만 뿌리면 끝이다. 마늘도 넣지 않고 치즈가루와 후추로만 맛을 낸다. 소금으로 살짝 간을 할 뿐 오로지 후추맛과 치즈 맛으로만 먹는데 무슨 맛이 있을까? 비유적으로 말하면 잘 구워낸 식빵 같은 맛이다. 특별한 맛이 없는데 중독성이 있어서 자꾸 먹게 되는 맛. 그게 바로 카초 에 페페의 맛이다.

로마를 떠올리면 고대 로마 황제 카라칼라가 만든 대규모 목욕장의 야외무대에서 매년 여름마다 오페라 축제가 열렸던 기억이 지금도 생생하다. 이탈리아 사람들에게 오페라 축제는 점잔 빼는 시간이 아니라 보고 먹고 즐기는 시간이다. 극장 주변에 간이음식점이 쭉 들어서는데, 오페라의 한 막이 끝나면 관객들이 우르르 내려와 간단한 핑거푸드도 먹고, 와인도 한 잔 마시고, 담배도 피우고, 삼삼오오 모여 떠들고, 다시 공연을 즐기며 여름밤을 보냈다. 또 로마 근교에 있는 아름다운 브라차노 호숫가에 가면 고기 굽는 바비큐 그릴들이 쫙 늘어서 있었는데 입장료만 내면 누구나 저렴한 가격에 고기를 실컷 먹을 수 있었다. 호숫가에서 고기를 쌓아놓고 먹을 수 있으니 가난한 유학생들에겐 고급 레스토랑이 부럽지 않았다.

로마 하면 떠오르는 풍경들은 그런 것들이다. 학교를 계속 다니진 못했지만 학교 밖의 모든 곳에서 음악과 예술과 음식과 함께 했다. 가진 건 쥐뿔도 없어도 마음만은 가난하지 않았다. 그 그리움이 지금까지도 남아 있다. 거지처럼 살아도 로마로 돌아가고 싶다는 생각이 요즘에도 불쑥불쑥 든다. 가장 힘들었지만 가장 행복했던 10년, 가장 열정적이었던 30대를 보낸 나의 제 2의 고향. 로마에서의 내 삶은 먹어도 먹어도 질리지 않는 카초에 페페를 꼭 닮았다.

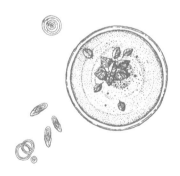

꼬시래기와 루콜라 샐러드.

해초류를 잘 먹지 않는 이탈리아 사람들.
그들의 채소인 루콜라와의 콜라보는
굉장히 신선하고 매력적이었다.

램스튜.

양 토시살, 각종 채소와 허브를 넣고
레드와인과 양뼈육수에 4시간 정도 끓여낸
서유럽스타일 보양식.

오페라 베리즈모처럼

: 푸치니의 〈잔니 스키키〉와 비스테카 알라 피오렌티나

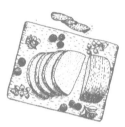

오페라가 탄생한 도시 피렌체

'오, 사랑하는 나의 아버지 O mio babbino caro~'

마리아 칼라스에서 조수미까지 역대 수많은 소프라노들의 고전적 레퍼토리로 유명한 감미로운 아리아. 푸치니의 오페라 〈잔니 스키키〉에 나오는 노래다. 〈잔니 스키키〉는 단테의 '신곡' 연옥편 Inferno에 나오는 스토리를 극화해서 만든 오페라로, 유산 상속을 놓고 벌어지는 지저분한 속세 이야기를 그린 블랙코미디이다. 그 배경이 되는 도시가 바로 피렌체이다.

주인공 잔니 스키키의 딸 라우레타가 부르는 이 아리아는 알고 보면 철부지 딸이 자기 아빠를 협박하는 내용이다. 아버지가 반대하는 청년과 사랑에 빠진 딸내미가, 결혼을 허락하지 않으면 다리에서 뛰어내려 죽어버리 겠다고 제 아버지한테 호소하는 것이다. 이 딸이 뛰어내리겠다는 다리가 피렌체의 명물 베키오 다리이고, 빠져 죽겠다는 강이 피렌체를 흐르는 아 르노 강이다. 가사에 '베키오 다리'와 '아르노 강'이 실제로 나온다. 베키오 다리는 〈잔니 스키키〉의 원작 〈신곡〉을 쓴 단테가 평생 사랑한 여인 베아 트리체를 처음 만난 곳이기도 하다.

예술과 건축의 도시, 음악가와 시인의 도시, 단테와 미켈란젤로의 도 시 피렌체는 오페라가 처음 시작된 도시이기도 하다. 이탈리아가 통일되 기 전의 피렌체 공국은 정치적으로 강력한 공화국이자 중세 문학, 회화, 건 축, 음악이 발달한 르네상스의 중심지였다. 원래 오페라라는 장르는 예술을 후원하는 피렌체의 귀족들과 예술가들이 '작은 방'이라는 뜻의 '카메라타 camerata'에 모여서 "우리 그리스 비극에 음악을 한번 붙여볼까?" 해서 만들 기 시작한 게 시초였다. 그리스 신화나 영웅 이야기를 그리다가 차츰 여러 가지 장르가 생겨났는데 '오페라 세리아opera seria'가 고대 신화나 영웅이 등장하는 엄숙한 작품이라면, '오페라 부파opera buffa'는 우스꽝스러운 희극, '오페라 베리즈모opera verismo'는 일상생활을 그린 리얼리즘 장르이다. 〈잔 니 스키키〉는 그중에서 베리즈모 장르에 속한다.

이러한 오페라 발전의 역사를 빼놓고는 이야기할 수 없는 나라가 바로 이탈리아다. 오페라 자체가 이 나라의 정치적 언어이자 역사의 구분선이었 다. 전국적으로 오페라가 부흥하면서 자연스럽게 오페라 극장도 많이 지어

졌는데 이 극장들이 마을 공회장의 역할을 했다. 유럽의 어느 지역에 가도 성당이 있듯이, 이탈리아는 어느 도시에 가도 극장이 있다. 사람들이 모여서 토론할 수 있는 장소들이 있다는 뜻이다. 극장테아트로, teatro과 광장피아차, piazza이 바로 그런 곳들이다. 그래서 이탈리아는 각 지역마다 문화도 음식도 사람들 성향도 다 다르지만 큰 그림으로 보면 신기한 통일성이 있는 나라이다.

피렌체에 가서 꼭 먹어야 할 것

잔니 스키키의 딸이 뛰어내리겠다고 한 베키오 다리 위에 가면 보석상들이 많이 있다. 이 보석상들이 들어서기 전에 원래 옛날에는 거기가 죄다 정육점이었다. 피렌체는 이탈리아 중부 토스카나 주의 주도(州都)로, 토스카나는 우리나라 대구처럼 분지 지형이다. 토스카나 사람들은 이 분지의 능선을 개척해서 포도나무를 심고 소를 방목해 키웠다. 그렇게 해서 유명해진 게 키안티 와인, 그리고 소고기이다. 소를 잡아 고기를 얻고 나면 가죽이 나오니 가죽 세공도 발달했다.

고기를 좋아하는 나로선 피렌체 하면 무엇보다 소고기가 떠오른다. 피렌체에 가서 반드시 먹어야 할 두 가지를 추천한다면 '피렌체의 스테이크'를 뜻하는 '비스테카 알라 피오렌티나Bistecca alla Fiorentina' 그리고 소 곱창볶

크기보다 더 놀라웠던 건
처음 씹었을 때의 맛이었다.

지방이 거의 없는
두터운 선홍빛 고기를
장작에 구워
겉은 살짝 탄 듯하고
속에는 육즙이
그대로 갇혀 있는데

그 풍미와
부드럽게 씹히는 식감이란!

음인 '람프레도토Lampredotto'이다. '비스테카 알라 피오렌티나'가 미국으로 넘어가서 붙은 이름이 티본 스테이크이다. 오리지널 '비스테카 알라 피오렌티나'는 토스카나에서 키우는 흰 소 '키아니나Chianina' 종의 고기만 쓴다.

'비스테카 알라 피오렌티나'를 처음 맛보았을 때의 감동은 말로 표현이 안 된다. 아내와 나, 유학생 친구들까지 네 명이서 갔던 그 가게는 단테 생가 옆에 있는 '비레리아 첸트랄레Birreria Centrale'라는 곳으로, 1892년에 문을 연 유서 깊은 맛집이자 지금까지도 현지 이탈리아인들과 관광객들에게 인기 있는 곳이다. 우리말로 옮기면 '중앙 맥줏집'쯤 되는데 이름에서 알 수 있듯이 원래는 맥줏집이었다. 오래된 가게답게 19세기부터 쭉 썼던 것 같은 고풍스런 테이블과 의자가 그대로 있다.

피렌체 스테이크가 처음이었던 우리는 멋도 모르고 주문 실수를 했다. 여기는 스테이크 기본 단위가 1킬로그램이다. 1킬로그램 단위로 시켜서 몇 명이 나눠 먹는다. 순수한 고기 1킬로그램은 실제로 보면 정말 엄청나다. 그걸 모르고 네 명이서 각각 1킬로그램씩 네 개를 주문했더니 주문 받는 직원이 놀란 표정으로 "네 개요? 정말이요?"라고 되물었다. 우린 우리 앞에 하나씩 놓이는 스테이크 접시를 보고 비로소 경악하고 말았다. 두께도 크기도 어마어마한 고깃덩어리!

그러나 크기보다 더 놀라웠던 건 처음 씹었을 때의 맛이었다. 지방이 거의 없는 두터운 선홍빛 고기를 장작에 구워 겉은 살짝 탄 듯하고 속에는 육즙이 그대로 갇혀 있는데 그 풍미와 부드럽게 씹히는 식감이란! "야! 이런 고기가 다 있구나!" 하는 감탄이 나왔다. 고기를 한 입 썰어서 입 안에 넣고 나면 너무나도 당연한 순서처럼 토스카나 와인을 한 모금 마시게 된다.

"어휴, 이거 먹고 여기서 죽어도 여한이 없겠다!"

우리는 연신 감탄을 하며 고기를 썰고 와인을 마셨다. 1인당 1킬로그램씩 시킨 게 창피해서 그걸 굳이 다 먹어치우느라 죽을 뻔했다. 자리에서 일어날 수 없을 만큼 배가 부른데 느끼하지도 질리지도 않았다. 그 가게는 아내와 단둘이서도 자주 갔다. 스테이크 한 접시에 샐러드 한 접시 시켜놓고 와인 한 병만 있으면 둘이서 세상 부러울 게 없었다. 가격도 저렴한 편이었다. 2000년대 초반에 1킬로그램이 26유로였던 기억이 나는데, 최근에 검색해보니 30유로로 올라 있었다. 십 몇 년이 지났는데 겨우 4유로 올랐다. 생고기도 아닌 조리된 질 좋은 스테이크가 1킬로그램에 4만 원 남짓인 셈이니 고기 좋아하는 사람들에겐 반가운 가격이다.

참고로 한우는 스테이크에 적합한 고기는 아니다. '마블링'이 많은 소고기는 전 세계에서 한국과 일본만 선호한다. 마블링이란 결국 지방 덩어리이다. 지방이 많을수록 스테이크에는 적합하지 않다. 스테이크로 구우면 너무 느끼해서 먹기 힘들기 때문이다. 일반적으로 스테이크에 쓰는 고기는 붉은 단백질층과 흰 지방층이 분리되어 있고 지방 부위는 구울 때 풍미를 더하기 위해 사용하고 버린다. 한우처럼 지방이 많이 섞인 고기는 얇게 구워 먹을 때는 맛있다고 느껴지는데 엄밀히 말하면 고기 맛이 아니라 기름 맛이라고 할 수 있다.

또 하나의 잊을 수 없는 피렌체 별미는 소 곱창 볶음을 빵 사이에 끼워 먹는 '람프레도토'라는 음식이다. 하루는 선배 가이드가 "곱창 먹으러 가자"면서 나를 어디론가 데려갔다.

"어? 이탈리아에도 곱창이 있어요?"

그가 데려간 곳은 피렌체의 어느 좁은 골목길이었다. 골목 입구에서부터 코를 자극하는 고소하고 맛있는 냄새가 진동했고 길거리 포장마차 앞에 사람들이 줄을 길게 서 있었다. 빵 사이에 끼워서 샌드위치처럼 먹는 방법도 있고 일회용 용기에 담아 곱창만 먹는 방법도 있는데 나는 빵 없이 그냥 먹어보기로 했다. 여기에 이탈리아 매운 고추인 페페론치노를 얹어 매운 맛을 추가했다. 일회용 그릇에 담긴 김이 모락모락 올라오는 곱창 요리와 일회용 컵에 담긴 화이트와인 한 잔. 골목 구석에 쭈그리고 앉아 처음 맛본 이탈리아 곱창 요리는 그 전에 먹어본 한국식 곱창구이와는 전혀 다른 맛이었다.

이 요리는 소의 곱창, 정확히 말하면 막창 부분을 소금과 허브를 넣고 푹 삶아서 만든다. 오래 삶아 부들부들해진 막창을 쓱쓱 썰어서 소금과 허브, 올리브유를 뿌려서 그냥 먹기도 하고 빵 사이에 끼워서 먹기도 한다. 한국의 곱창구이가 쫄깃한 식감과 기름 맛으로 먹는다면, 이탈리아의 람프레도토는 오래 삶아 기름은 쏙 빠져 있고 그 대신 부드럽고 야들야들한 식감과 올리브유, 허브의 풍미로 먹는다.

원래 이탈리아 사람들은 간도 좋아하고 머리고기랑 귀랑 혀까지 소의 거의 모든 부위를 먹는데 유독 내장 부위만은 먹지 않는다. 예외적으로 내장을 먹기 시작한 게 피렌체 사람들이다. 한때는 이탈리아 전역에서 소의 내장을 다루고 유통하고 판매할 수 있는 법적인 권리를 갖고 있는 유일한 지역이 바로 피렌체가 속한 토스카나 주였다.

레시피보다 맥락이 더 중요하다

피렌체에서 처음 맛본 '비스테카 알라 피오렌티나'는 그 전까지 알고 있던 스테이크와 비주얼도 맛도 달랐다. 곁들이는 가니시도 소스도 없이 소금, 후추로만 간을 하고 순수한 고기 맛 자체를 즐긴다. 일반적으로 이탈리아식 스테이크는 고기 옆에 레몬, 후추만 있으면 된다. 지금 우리 가게에서 내는 스테이크도 나무판 위에 고깃덩어리, 레몬 한 쪽, 이게 다다.

복잡하고 화려해서가 아니라 간단해도 재료가 좋아서 맛있는 게 이탈리아 요리의 특징이다. 관광객들이 가는 식당 말고 현지인들이 가는 로컬 식당에 가서 맛없다는 느낌을 한 번도 받아본 적이 없었는데 그게 너무나 신기했다. 나는 맛있는 음식을 먹고 나면 제일 먼저 '이건 어떻게 만들었을까?'가 궁금했다. 그러고 나서 집에 돌아오면 일단 내가 기억하는 맛에 의존해 느낌대로 그 음식을 해봤다. 뭔가 아닌 것 같으면 그때 이탈리아 요리책을 찾아본다. 그러면 '아, 그래서 이 허브가 이때 반드시 들어가야 되는 거였구나!' 하고 이해를 하게 된다. 레시피를 외우고 그램 수를 계산하는 게 아니라 맥락을 먼저 이해하려 한 거다.

누군가는 나더러 요리학교도 안 나온 사람이 어떻게 요리사가 되고 식당을 운영하느냐고 물었다. 솔직히 말해 레시피를 책 보고 외우거나 어디서 칼 쓰는 법을 따로 배운 적은 없다. 하지만 나한테 중요했던 건 레시피나 이론이 아니다. 레시피는 내 몸이 기억한다. 이탈리아 어느 골목의 식당에서 실제로 먹어본 몸의 경험과 혀의 기억이 레시피보다 더 중요하다. 왜 이 허브가 들어가서 이런 맛이 나는지, 왜 이 타이밍에 화이트와인이 들어가야 되는지, 왜 소금은 나중에 넣어야 하는지 맥락이 이해가 되어야 요리를 할 수 있다고 생각한다. 이런 맥락을 이해하지 못하면 결국 레시피와 그램 수에만 의존하게 된다. 요리를 책으로만, 주방 안에서만, 레시피로만 배우면 아무리 모양이 화려해도 현실과는 동떨어진 요리를 하게 될 것 같다.

10년의 현장 경험에서 배운 요리, 몸이 기억하는 맛, 인생에서 나오는 레시피. 푸치니의 〈잔니 스키키〉 같은 속세를 사는 보통 사람들의 현실적인 모습을 리얼하게 담은 '베리즘모' 오페라처럼, 내가 이탈리아 요리를 배운 곳도 이탈리아 사람들이 실제로 먹고 이야기하고 즐기는 삶의 현장이었다.

그 이름만은 남아 있으리라, 언제까지나

: 가곡 〈명태〉와
로마 중국집의 동태매운탕

지중해의 태양을 머금은 와인

언제 가도 늘 기분 좋은 도시, 한 번 가면 몇 날 며칠이고 머물고 싶은 도시. 나의 추억 속에 피렌체는 그런 도시이다. 앞서 이야기한 것처럼 피렌체는 이탈리아 중부에 있는 토스카나 주의 중심도시인데, 토스카나 주에는 피렌체 말고도 오페라 '라보엠'을 만든 푸치니의 고향 '루카' 같은 아름다운 소도시들이 있다.

토스카나 주는 이탈리아의 대표적인 와인 생산지로, 가장 대중적인 와인 생산지인 키안티Chianti 산맥의 와인들이 유명하다. 원래 포도나무는 배수가 잘 되고 태양이 지글지글한 곳에서 자랄수록 와인에 적합한 포도가

이렇게 포도나무를 키우고
와인을 생산하는 지역에서
소를 키우고 그 소로 기가 막힌 소고기를 생산하니,
그 둘의 마리아주, 즉 궁합은 기가 막힌다.

생산된다. 물이 잘 빠지고 태양이 뜨거울수록 당도 높은 포도가 열리는데 토스카나 지역이 바로 그런 곳이다. 1970년대에 토스카나에서는 '슈퍼 투스칸'이라는 라벨을 붙인 새로운 포도주가 나와 세계적으로 유명해졌다. 그중 대표적인 게 볼게리Bolgheri 지역에서 자란 포도로 만든 사시카이야 Sassicaia 와인이다. 이렇게 포도나무를 키우고 와인을 생산하는 지역에서 소를 키우고 그 소로 기가 막힌 소고기를 생산하니, 그 둘의 마리아주, 즉 궁합은 기가 막힌다.

또 하나 재미난 게 토스카나의 가죽 얘기다. 보통 우리는 가죽으로 만든 옷이나 가방을 무척 소중하게 다룬다. 비라도 오면 젖지 않게 벗거나 가린다. 비올 때 명품이면 품안에 감추고 짝퉁이면 머리 위에 올려 비를 막는다는 농담도 있지 않은가? 그런데 이탈리아인은 가죽옷을 마치 우비처럼 입고 다닌다. 그들이 생각하는 가죽과 우리가 생각하는 가죽은 용도부터가 다르다. 방수, 방풍 기능을 하는 질 좋은 가죽제품을 만든다는 게 바로 토스카나 사람들이 가지고 있는 자국의 가죽제품에 대한 자부심이다. 와인도 마찬가지. 어떻게 보면 그들이 만들어내는 와인의 품질과 어마어마한 종류에 비해 그걸 파는 마케팅 기술은 경쟁국 프랑스보다 부족해 보이는데, 한마디로 "흥! 우린 광고 안 해도 다 팔려!"라는 거다. 그만큼 자기네 와인, 음식, 문화, 역사에 대한 엄청난 자부심이 있는 사람들이다. 10년 가까이 그 나라에 살면서 나는 '이런 게 이탈리아인들의 저력이 아닐까?'라는 생각이 들었다. 정치나 사회 전반에 비리도 많고 엉망인 부분도 많은데 가까이서

들여다보면 놀라운 자부심과 묘한 질서가 있다.

권양숙 여사 앞에서 '명태'를 부르다

여행 가이드로 일하면서 참으로 다양한 종류의 관광객을 만났지만 그중에서 가장 잊지 못할 손님이 있다. 2007년 초 노무현 대통령 내외가 이탈리아를 방문하셨을 때, 나를 포함한 몇 명의 베테랑 가이드들이 대통령을 경호하는 경호실 분들에게 통역과 토스카나 관광 안내를 한 것이다. 공식 일정 중 하루의 자유시간이 그들에게 주어졌다. 그날 피렌체 시내에서 거리의 화가가 그려주는 캐리커처 체험도 시켜주고, 스테이크 가게도 안내하고, 토스카나 근처의 '오르비에토'라는 옛 도시에도 들렀던 추억이 있다.

그런데 하루는 경호실의 간부 한 분이 나한테 오더니 넌지시 이런 말을 하는 게 아닌가!

"저, 부탁 하나 해도 될까요?"

"예, 뭐든 말씀하세요."

"오늘 로마에서 열리는 행사에 영부인 여사가 참석하시는데, 혹시 작은 콘서트를 부탁 드려도 될까요?"

"예? 제가요?"

"전준한 씨 성악하시는 거 다 알고 있습니다. 노래도 들어봤는걸요."

청와대를 경호하는 분들이니 나의 신분과 이탈리아에서의 콩쿠르 경력까지 이미 알아보았을 터. 그런데 영부인이 주관하는 행사에 나를 즉석 섭외한 것이다!

'헉! 영부인 앞에서 노래를!'

그때부터 심장이 벌렁벌렁했다. 권양숙 여사가 현지 경제인 연합회 사모들과 오찬을 하는 자리라고 했다. 갑자기 마련하는 독창회라 한 바탕 난리가 났다. 근처 호텔을 수소문해 이탈리아인 피아니스트를 섭외해 부르고, 그의 반주로 10분 만에 리허설을 마치고 곧바로 무대에 섰다. 긴장해서 심장이 터질 듯했지만 내가 가장 존경하는 대통령의 여사님 앞에서 노래를 부르다니 너무나도 행복했다. 나는 '케 사라che sara'라는 이탈리아 노래를 부르고, 앙코르 곡으로 '오 솔레 미오'를 불렀다. 또 다시 박수와 앙코르 요청이 이어져 부르게 된 노래, 그게 바로 가곡 〈명태〉다. 앞의 두 곡은 이탈리아인이 반주를 해주었지만 우리 가곡 〈명태〉는 반주를 해줄 수 없어 무반주로 불렀다. 노래를 부르기 전, 벅찬 마음에 이런 멘트를 했다.

"영부인 여사님 앞에서 작은 콘서트를 하게 돼서 너무나 떨리고 영광스럽습니다. 뜻하지 않은 앙코르까지 청해주셔서 정말 감사합니다."

그러고 나서 그 어느 때보다도 마음을 담아 〈명태〉를 불렀다. 여사님은 진지하게 내 노래에 귀를 기울이셨고 노래가 끝난 직후 직접 오셔서 손을 잡으며 이렇게 말씀해주셨다.

"정말 잘 들었어요. '명태'는 노무현 대통령이 가장 좋아하시는 가곡 중 하나입니다.”

정말 내 생애 최고의 '명태'였다. 콘서트를 마친 후 경호실로부터 선물 하나를 받았다. 모나미 만년필이었는데 측면에 '대한민국 대통령 노무현'이라는 글씨가 선명히 박혀 있었다. 그 만년필은 그 후 우리 집 가보가 되었다.

2년 후 노 대통령의 서거 소식을 들었을 때 나는 한 일주일 동안 실어증에 걸린 것처럼 한마디의 말도 하지 못했다. 충격 정도가 아니었다. 내가 알던 세상을 완전히 잃어버렸다. 내 안의 뭔가가 죽어버렸다. 다시 몇 년 후, 광화문에서 매주 촛불집회가 열렸을 때 나는 바로 그 만년필을 품에 안고 촛불을 들었다. 그 만년필로 탄핵 서명을 하면서 이렇게 외쳤다.

“여러분, 이 만년필이 노무현 대통령님으로부터 받은 만년필입니다! 제가 이걸로 여기다 서명을 하겠습니다!”

주변에 있던 시민들이 박수와 환호성을 보냈다. 전율이 일고 눈물이 핑 도는 순간이었다.

오현명의 〈명태〉, 전준한의 〈명태〉

나는 가곡 〈명태〉와 깊은 인연이 있다. 맨 처음 이 노래를 부른 건 대학교 4학년 졸업연주회 때였다. 그때 내 맘대로 가사를 바꿔 부르는 바람에

난리가 났다. '소주를 마실 때'라는 대목이 있는데 나는 소주를 못 마시니까 '청하를 마실 때'라고 바꿔 부른 것이다. 객석에선 폭소가 터졌고, 연주가 끝난 후엔 교수님한테 불려가 혼이 났다. 몇 년 후 머나먼 이탈리아에서, 무려 영부인 앞에서 이 노래를 부를 줄은 꿈에도 상상하지 못했다. 한국에 돌아와 처음으로 방송에 출연한 게 KBS의 '명작스캔들'이라는 프로그램이었는데 거기서도 〈명태〉를 불렀다. 방송이 나간 후로는 〈명태〉를 부를 만한 자리는 거의 항상 불려나갔다. 심지어 강원도에서 명태 양식에 성공했다는 내용의 다큐멘터리 프로그램이 방영된 적이 있는데 그 프로그램의 엔딩에도 내가 부른 〈명태〉가 삽입되었다.

이쯤 되면 '명태 전문 성악가'가 된 거 아닌가 싶은데 사실 〈명태〉는 원로 성악가 고 오현명 선생의 히트곡이다. 맨 처음 이 곡이 발표된 건 1952년 부산에서였다. 전쟁통에 이 노래를 초연한 분도 역시 오현명 선생이었다. 그런데 발표 당시에는 '이런 우스꽝스러운 노래가 무슨 가곡이냐'며 평이 안 좋았다. 그 시절의 우리나라 정서로는 '울 밑에 선 봉선화야'처럼 구슬프고 애절한 노래가 더 대중의 마음을 울렸다. 그러다 히트를 친 게 1970년대 이후였다. 서민적이며 애환과 해학이 가득한 곡으로 인기를 끌었고 오현명 선생은 이 곡으로 스타가 되셨다.

오페라도 위대한 작품일수록 웃음 속에 인생의 애환을 담은 것들이 많다. 낭만주의로 가면 아예 대놓고 슬픔의 정서를 내놓고, 베리즈모 장르로 가면 대놓고 리얼한 현실을 그려낸다. 슬픔과 비극과 웃음, 이 모든 요소가

다 담겨 있는 곡. 나는 가곡 〈명태〉를 그렇게 이해한다. 이 곡을 조금이라도 잘못 해석하면 굉장히 우스꽝스럽게 부르게 된다. 하지만 이 곡은 웃긴 노래가 절대 아니다. 웃음 속에 쓸쓸함과 슬픔을 담아야 하는 노래다. '허허' '쯧쯧' 하는 소리에도 여운이 남아야 한다. '쐬주를 마실 때, 캬아~' 할 때 그 안에서 시인의 심정이 고스란히 느껴져야 한다.

　　내용을 보면 어느 가난한 시인이 글을 쓰다 겨울에 먹을 게 없어서 말린 명태를 짝짝 뜯어서 먹었다는 얘기다. 아시다시피 명태는 이름도 여러 가지인데, 생물은 생태, 새끼는 노가리, 얼린 것은 동태, 말린 것은 북어, 겨울철 찬바람에 말려 누렇게 변한 것은 황태, 내장을 빼고 꾸덕꾸덕 말린 것은 코다리라고 부른다. 따라서 시인이 먹은 건 엄밀히 말하면 북어였을 것이다. 그런데 '짝짝 찢어'먹은 '북어에 소주'는 생각해보면 정말 맛없는 궁합 아닌가! 코다리찜이나 동태탕이었으면 소주랑 잘 어울렸을 텐데 말라비틀어진 북어에 쓴 소주라니! 먹을 게 그것밖에 없었으니 먹은 거지 맛으로 일부러 먹은 건 아니었을 거다. 하다 못해 고추장 찍어 먹었다는 대목도 안 나온다. 그래서 더 쓸쓸하고 짠하다. '말라비틀어진 명태 꼬라지가 꼭 내 꼬라지 같네' 하는 심정이었을 것만 같다. 가난한 시인이 추운 겨울밤 소주나 한잔 하고 싶은데 안주는 없고, 술만 먹자니 그렇고, 어쩔 수 없이 북어라도 질겅질겅 씹고 있자니 얼마나 그 술이 썼을까? 처음에는 질기지만 씹으면 씹을수록 이 물고기가 살아 있을 때 어땠을까가 떠오른다. 결국 그의

검푸른 바다 밑에서 줄지어 떼 지어 찬물을 호흡하고

길이나 대구리가 클 대로 컸을 때

내 사랑하는 짝들과 노상 꼬리치며 춤추며 밀려다니다가

어떤 어진 어부의 그물에 걸리어

살기 좋다는 원산 구경이나 한 후

에지프트의 왕처럼 미이라가 됐을 때

어떤 외롭고 가난한 시인이

밤늦게 시를 쓰다가 쇠주를 마실 때 (캬~)

그의 안주가 되어도 좋다 그의 시가 되어도 좋다

짝짝 찢어지어 내 몸은 없어질지라도

내 이름만 남아 있으리라 (허허허)

명태 (허허허) 명태라고 (허허허)

이 세상에 남아 있으리라

- 〈명태〉 양명문 작시, 변훈 작곡

안주가 되어도 좋다고, 시가 되어도 좋다고, 이 세상에 이름만 남기리라고 말하는 것이다. 캬~ 곱씹으면 곱씹을수록 마치 북어포를 씹는 것만 같은 대단한 곡이다.

나는 매년 한 해도 빠짐없이 이 노래를 무대에서 불렀다. 그런데 그 느낌이 한 해 한 해 달라진다. 나이가 들수록 점점 그 정서와 무게와 깊이가 가슴에 와닿는다.

많은 무대에서 이 곡을 부르면서 언제부턴가 '오현명 선생이 부르던 〈명태〉의 명맥을 잇고 있다'는 평을 받게 되었다. 개인적으로 어마어마한 영광이자 성악가로서 자랑스러운 일이다. 몇 해 전 세종문화회관에서 〈명태〉를 부른 적이 있는데 그때 이 곡의 작곡가 변훈 선생님의 아드님과 며느님이 공연을 보러 오셨다. 그분들 앞에서 '명태'를 부른다는 그 사실만으로도 얼마나 감사했는지 모른다. 실제로 2009년 오현명 선생이 돌아가시고 나서 한동안 잊힌 듯했던 〈명태〉가 최근 다시 사람들에게 사랑받고 있는 것 같아 기쁘다.

좋은 곡이 명맥을 이어가려면 그 곡을 부르는 사람이 계속 있어야 한다. 누구의 히트곡, 혹은 무슨 노래 하면 누구, 이런 것 말이다. 예를 들어 대중가수는 노사연 하면 '만남'처럼, 누구 하면 딱 떠오르는 히트곡이 있다. 예전에는 성악가도 이런 대표곡, 히트곡이라는 게 있었다. '명태' 하면 오현명, '목련화' 하면 엄정행처럼 대중이 사랑하는 성악가와 그의 대표곡이 있었고 전 국민이 누구나 첫 소절부터 자동적으로 흥얼거릴 수 있었다. 그만큼 가곡이 친근했다. 요즘에는 그런 게 많이 없어져서 안타깝다. 그렇기 때문에 〈명태〉 같은 훌륭한 곡의 명맥을 계속 이을 수 있다는 것만으로도 감사한 일이다. 오현명 선생이 수십 년 동안 '명태'를 살려주셨기 때문에 나또한 그 덕을 볼 수 있는 것이다. 내가 오현명 선생님을 보며 공부했듯 훗날 후배 성악가들도 나를 통해 이 곡의 생명을 이어갔으면 하는 바람이다.

이탈리아의 생선 요리

이탈리아 사람들도 우리나라처럼 생선과 해산물을 좋아해서 여러 가지 생선을 여러 가지 방법으로 조리해 먹는다. 그런데 우리나라는 주로 굽거나 조려서 껍질도 다 먹는 방식이라면, 이탈리아에서는 겉에 있는 껍데기를 벗겨내고 안에 있는 살만 먹는다. 생선살만 떠서 접시에 올리고, 올리브유와 레몬즙을 뿌리고, 절인 올리브 몇 개 곁들이고 파슬리 가루를 살짝 뿌려 먹는 것이 지중해 스타일의 생선 먹는 방식이다.

우리 가게 메뉴 중에도 지중해식 생선 요리가 있다. '스콤브로 나폴레타노Sgombro Napoletano'라는 요리인데, '스콤브로'는 고등어, '나폴레타노'는 나폴리 스타일이라는 뜻이다. 프라이팬에 안초비, 케이퍼, 세 가지 올리브, 채썬 양파, 방울토마토, 이탈리아 파슬리인 프레체몰로, 후추, 그 위에 화이트와인을 붓고, 싱싱한 고등어를 올린 후, 뚜껑을 덮고 센 불에 6분 정도를 훈증한다. 6분이 지난 다음 한 번 뒤집어서 다시 6분 정도를 훈증한다. 왜 6분이냐고 묻지 마시라. 그냥 나 스스로 터득한 내 방식이다. 그 다음에 약불에 놓고 고등어 주변에 있던 재료들을 위에 쌓아올리면서 한 5분 정도 살짝 졸이면 요리가 완성된다. 화이트와인에 쪄먹는 방식인데 보시다시피 만들기 어렵지 않다. 단, 고등어가 정말 싱싱해야 한다. 우리 가게에서도 아주 싱싱한 고등어를 구한 날만 '오늘의 메뉴'로 낸다. 여기에 화이트와인을 곁들여 먹으면 귀에서 딸랑딸랑 종소리가 들릴 정도로 황홀하다.

이렇게 생선에 와인을 넣고 찌면 생선의 싱싱함은 살아 있으면서 비린내는 하나도 안 나고 식감도 좋고 소화도 잘 된다. 집에서 한다면 좀 더 간단한 조리법을 추천한다. 약한 불에 고등어 한 마리 놓고, 로즈마리와 레몬 몇 개 썰어 놓고, 화이트와인을 충분히 뿌린 다음, 뒤집지 말고 6분만 찌면 끝이다. 여기에 케이퍼와 방울토마토를 얹어 화이트와인과 곁들여 먹으면 조림이나 구이와는 다른 이국적인 고등어 요리를 맛볼 수 있다.

우리나라는 생선조림을 할 때 양념으로 맛을 낸다. 간장과 고춧가루가 합을 이루고, 그 양념이 생선살에 배도록 조리한다. 반면 지중해 요리는 양념을 하되 재료들이 각기 독자적인 향을 유지하도록 조리한다. 그래서 입에 넣었을 때 토마토의 맛, 케이퍼의 맛, 프레체몰로 맛, 올리브 맛이 독립적으로 다 살아 있다.

이탈리아 생선요리 하면 남부 지방인 시칠리아의 숭어 요리가 또 기가 막히다. 싱싱한 숭어를 한 80퍼센트 정도만 익도록 소금물에 데친 후, 그곳

바다에서 따온 해초와 이탈리아 파슬리인 프레체몰로로 숭어 몸통을 통째로 둘둘 싼다. 그 상태로 냉장고에 넣어 24시간 동안 차게 숙성시킨다. 만하루가 지나면 해초를 제거하고 숭어 살에 차가운 토마토소스를 뿌려 화이트와인과 먹는다. 먹는 내내 프레체몰로와 해초의 향이 입 안에 감돈다.

또 어떤 지역은 굵은 소금과 계란 노른자를 찰흙처럼 비벼서 그걸로 생선을 통째로 싼 다음 오븐에 넣어 굽는다. 한 시간 정도 지난 후 꺼내보면 겉이 딱딱해져 있는데, 망치로 살살 깨면 안에 생선이 그대로 있다. 잘 익은 생선 살 속에 염분이 적당히 배어 간이 딱 맞다.

명태도 이탈리아 사람들이 즐겨 먹는다. 정확히 말하면 명태와 비슷하지만 다른 생선인 대구 요리다. '소금에 절인 말린 대구'를 이탈리아어로 바칼라baccalà라고 하는데 이게 꼭 우리나라 코다리와 비슷하다. 우리나라 명태가 여러 가지 이름을 갖고 있는 것처럼 그들도 대구를 여러 이름으로 부른다. 생대구는 메를루초merluzzo, 소금 없이 말린 대구는 스토카피쏘stoccafisso, 염장한 말린 대구는 '바칼라'이다. 베네치아의 '바칼라 알라 베네치아나', 피렌체의 '바칼라 알라 피오렌티나', 나폴리 지역의 '바칼라 알라 나폴레타나' 등 지역별로 다양한 대구 요리가 있다. 바칼라를 토마토소스로 요리하기도 하고 구워 먹기도 하고 쪄먹기도 하고 와인에 졸여 먹기도 한다.

이렇게 다양한 생선요리가 있는 이탈리아이지만 가곡 〈명태〉의 시인을 위로해줬던 말라비틀어진 북어에 소주, 그 같은 궁합, 그 같은 맛은 그 어떤 요리로도 표현할 수 없을 것이다. 그런 생선요리를 유일하게 맛본 곳이 있었으니 희한하게도 로마에 있는 중국식당에서였다. 18번 지구에 위치한 식당이라고 유학생들끼리는 맨날 '18번 식당'이라고 불렀다. 중국인이 운영하는 중국식당이었는데 재미있게도 한국식 동태매운탕을 팔았다. 한국 사람이 만든 것도 아닌데 무 썰어 넣고 칼칼하게 끓인 맛이 일품이었다. 이탈리아에서 제대로 된 동태매운탕을 맛보기란 쉬운 일이 아니었다. 드물게 한국식당에서 판다 해도 값이 비쌌다. 그런데 여기서는 한 냄비에 8유로밖에 안 했다. 소주 가격도 다른 한국식당에 비해 저렴했다. 이탈리아 로마에서 중국인이 하는 중국식당에 한국음식을 먹으러 가다니, 생각하면 참 아이러니한 일이다. 고향이 그리운 배고픈 유학생들끼리 동태매운탕에 '쐬주' 한잔 하던 추억을 잊을 수가 없다. 〈명태〉의 시인이 그랬던 것처럼 '캬~' 하는 감탄사가 절로 나오던 시간들이다.

모든 이의 마음속엔 '돈 조반니'가 있다

: 모차르트의 〈돈 조반니〉와 닭구이

카사노바의 고향

훤칠한 키에 얼굴은 조각 미남, 중저음의 매력적인 목소리에 6개국어 능통자, 바이올린을 기가 막히게 연주하고 라틴어 시를 줄줄 외우는 만능 엔터테이너이자 철학자. 희대의 바람둥이이자 호색한이었던 이 남자가 한 번 유혹하면 넘어가지 않는 여자가 없었다고 한다. 심지어 수녀까지도! 그는 바로 베네치아 태생의 실존인물 '카사노바'다.

카사노바가 태어난 베네치아에 가면 관광객으로 붐비는 산마르코 광장 근처에 '두칼레 궁전Palazzo Ducale'이 있고, 그 옆에 피옴비Piombi 감옥이 있다. 두칼레 궁전은 '도제Doge의 궁전'이라고도 부르는데, '도제'는 옛날에 베네치아가 독립된 공화국이었을 때 공화국을 통치하던 최고 권력의 총독이다. 궁전 옆에 있는 피옴비 감옥은 한 번 간히면 두 번 다시 살아서 나올 수 없다는 악명 높은 감옥이었다. 이 무서운 감옥에서 탈옥에 성공한 유일한 사람이 바로 카사노바였다.

궁전에서 감옥으로 넘어가는 다리에 작은 구멍 같은 창이 뚫려 있는데, 죄수들이 '이게 내가 마지막으로 보는 세상 풍경이구나' 하고 탄식했다 해서 시인 바이런이 '탄식의 다리Pontedei Sospiri'라고 불렀다. 이 안에 카사노바가 간혔다는 것만으로도 수많은 베네치아 여성들은 실의에 빠졌다. 카사노바가 탈옥에 성공할 수 있었던 것도 그를 사랑한 상류층 여자들이 도와준 덕분이라는 이야기가 있을 정도다. 새벽에 탈출한 카사노바가 산마르코 광장에 지금도 있는 '플로리안 카페'에서 여유 있게 커피를 한 잔 마시고는 옆에 있던 아가씨에게 근사하게 윙크를 날리고 유유자적 사라졌다는 일화는 유명하다. 애초에 카사노바가 감옥에 간히게 된 것도 여자 때문이었다는 설이 있다. 뛰어난 언변과 재치로 도제의 눈에 들었다가 하필이면 도제가 총애하는 애첩을 건드리는 바람에 온갖 죄목이란 죄목은 다 뒤집어썼다는 것이다.

도제의 궁전의 여러 기둥 중에는 붉은색을 띠는 기둥 두 개가 있는데, 옛날에 죄인을 참수하고 머리를 매달아두어 그 피 때문에 핏빛으로 변한 거라는 전설이 있다. 실제로 베네치아인들은 그 두 기둥 사이로 지나가면 재수가 없다며 피해 다닌다. 물의 도시 베네치아는 이처럼 카사노바의 전설 같은 삶과 함께 권력자의 폭정, 그리고 권력에 의해 억울하게 죄를 뒤집어쓴 희생자들의 핏빛 역사가 서려 있다.

지금은 세계적인 관광지로 인식되지만 예전의 베네치아는 성적으로 굉장히 개방적인 도시였다. 베네치아의 대표적인 축제가 된 가면축제도 원래는 대단히 질펀하고 타락한 축제였다. 축제 기간 동안 가면을 쓰고 프리섹스를 했던 것이다. 상대가 누구든 가면만 쓰면 다 용납이 됐다. '정조대'가 유럽에서 제일 먼저 쓰였던 곳도 베네치아다. 귀족 남편들이 먼 바다에 나갈 때 마누라 바람피우지 말라고 정조대를 채우면 아내들은 남편이 떠나자마자 열쇠공을 불렀다. 열쇠공은 돈만 주면 어떠한 정조대도 풀 수 있었다. 그래서 그 당시 열쇠공들은 돈을 엄청 벌었다고 한다. 아름다운 도시 베네치아는 그런 적나라한 역사도 갖고 있다.

오페라는 결국 오늘날의 우리 이야기

카사노바가 실존인물이라면 모차르트의 오페라 〈돈 조반니〉는 스페인의 전설에서 유래한 가상의 인물 '돈 주앙', 스페인어로는 '돈 후앙Don Juan'의 스토리를 각색한 작품이다. 실존인물 카사노바와 가상인물 '돈 주앙'은 오늘날까지도 '매력적인 바람둥이' 또는 '플레이보이'의 대명사로 묘사된다. 유럽의 여러 문학작품과 예술작품에 이런 인물이 여러 모습으로 등장하는데, 모차르트의 〈돈 조반니〉, 몰리에르의 희곡 〈돈 후앙〉, 영국 시인 바이런의 시 〈돈 주안〉 등 다양하다.

모차르트의 〈돈 조반니〉는 당시로선 대단한 사회 풍자극이자 선정적인 포르노 같은 이야기를 담고 있다. 한 바람둥이 남자의 인생 이야기를 통해서 사람의 이야기를 담았다. 모차르트는 그런 작품들을 많이 만들었다. 또 다른 오페라 〈피가로의 결혼〉은 '모든 오페라가 다 들어 있는 오페라'라고 일컬어지는데, 그 안에 사람 사는 이야기, 인생의 희로애락과 비극, 인간사의 아름답고 추한 이야기가 다 들어 있다. 〈돈 조반니〉는 그보다 더 적나라한 인간의 본성, 추함, 감추고 싶은 것들까지 다룬다.

나는 예전에 돈 조반니의 몸종 '레포렐로' 역할로 무대에 섰다. 작품 속에서 그는 일종의 스토리텔러 역할을 한다. 레포렐로가 부르는 '카탈로그의 아리아'는 이 오페라의 대표적인 아리아 중 하나다. 천하의 바람둥이 주인을 모시는 몸종이 자기 주인 흉을 보는 장면이 오페라 첫 부분부터 나온다. 주인은 밤이나 낮이나 여러 여자랑 노는데 나는 왜 망이나 보고 있느냐며 푸념을 한다. 그럼 그는 주인보다 도덕적인 사람이었을까? 천만에. 오히려 그보다 더 못된 놈이다. 기회주의적이고 관음증까지 있다. '카탈로그의 아리아'는 돈 조반니가 그동안 건드렸던 여자들 목록을 "우리 주인으로 말씀드리면 지금까지 관계한 여자가 이탈리아에서 640명, 독일에서 231명, 프랑스에서 100명, 터키에서 91명, 스페인에서 1003명"이라며 줄줄 읊어대는 내용이다. 그는 그걸 왜 굳이 기록해놓았을까? 비밀장부였을지도 모르고 만약을 위한 협박용이었을지도 모른다. 돈 조반니 같은 나쁜 놈이 있다면 그보다 더 나쁜 레포렐로 같은 놈이 있다는 것, 어쩌면 지금 우리가 사는 세상의 모습과 다를 바 없다. 갑과 을의 관계처럼 보이지만 을도 갑 못지않게 음흉하다. 심지어 마지막 장면에서 그동안 모시던 주인이 죽자 슬퍼하는 것이 아니라 다른 돈 많은 주인을 섬기러 떠난다.

극중에서 돈 조반니는 벌을 받아 지옥에 떨어지며 최후를 맞는다. 표면 적으로는 '우리는 존 조반니처럼 살면 안 된다'는 교훈을 던지며 권선징악 으로 끝난다. 하지만 사실은 돈 조반니를 보면서 우리 안의 본성과 추한 부 분을 발견하게 된다. 사람들은 돈 조반니를 나쁜 놈이라며 욕하지만, 욕하 는 사람 안에도 사실은 돈 조반니가 들어 있다. 오페라는 '그 본능을 꺼내 느냐 마느냐의 차이일 뿐, 누구나 돈 조반니를 품고 사는 게 아닐까?'라는 의문을 던진다. 그래서 돈 조반니 이야기를 가만히 살펴보면 '결국 우리 사 는 세상 이야기구나!' 하는 생각이 든다.

이탈리아의 국민 닭요리

〈돈 조반니〉의 피날레 부분에서 돈 조반니가 만찬을 차려놓고 엄청난 양의 음식을 먹는 장면이 나온다. 음식을 게걸스레 먹는다는 건 곧 그의 성 욕을 나타낸다. 이 만찬 중에 꿩 요리가 있다. 몸종 레포렐로가 몰래 꿩 다

리를 하나 뜯어서 훔쳐 먹다가 주인한테 걸려 사레들리는 장면이 있다. 예전에 이탈리아와 프랑스에서 꿩 요리는 귀족들만 먹는 귀한 요리였다. 요즘은 거의 사라져서 흔치 않은 요리이기 때문에 무대 소품으로는 닭 요리를 많이 올린다. 모조품이 아니라 진짜 닭 요리가 올라간다. 나도 레포렐로 역을 할 때 무대에서 그 장면을 연기하면서 진짜로 닭다리를 한 입 뜯었다. 돈 조반니가 먹었을 꿩 요리는 귀족들이나 먹는 요리였기 때문에 천한 신분의 하인 레포렐로가 주인 몰래 뜯어먹는 장면이 나올 수 있었다. 그랬던 꿩 요리가 사라진 요즘, 오페라 무대에서나 현실에서나 꿩 요리를 대신하게 된 닭 요리는 이탈리아 사람들이 누구나 먹는 가장 대중적인 음식이 되었다.

우리나라 사람들도 치킨을 참 좋아하지만 이탈리아 사람들도 닭을 참 좋아한다. 그런데 튀긴 게 아니라 구운 요리다. 나도 이탈리아에 살 때 이탈리아식 닭구이 '폴로 아로스토Pollo Arrosto'를 자주 해먹었다. '폴로Pollo'는 닭, '아로스토Arrosto'는 구웠다는 뜻이다. 생닭을 여러 조각으로 토막 내고, 투박하게 썬 감자와 같이 오븐에 구워 먹는 초간단 요리다. 올리브오일과 로즈마리를 뿌리고 소금 후추 쳐서 구우면 기름이 쭉 빠진 담백하고 건강한 닭 요리가 된다. 누구나 만들 수 있을 정도로 간단하지만 이탈리아 어느 가정에서나 즐겨 먹고, 한국 유학생들도 많이들 해먹었다.

〈돈 조반니〉의 무대에서 레포렐로가 되어 주인 몰래 뜯던 '꿩 대신 닭' 다리, 유학 시절의 닭구이 요리…… 이것 말고도 내겐 베네치아 하면 떠오르는 우스운 추억 하나가 또 있다. 산마르코 광장은 사시사철 사람도 많지만 비둘기도 참 많았다. 가이드 나갔다가 하늘에서 떨어지는 비둘기 똥을 머리에 맞는 바람에 근처 가게에 들어가서 머리를 감기도 했다. 그러다 한번은 비둘기랑 박치기를 한 적도 있다! 광장에서 몸을 굽혀 신발을 고쳐 신고 일어서는데, 정면에서 날아오던 비둘기와 부딪친 거다. 어디서 돌이 날아온 줄 알았더니 비둘기였다. 인간과 비둘기가 박치기를 하는 광경에 관광객들은 배꼽을 잡으며 웃고, 나는 인상을 찌푸리며 머리를 문지르고 서 있고, 나랑 부딪친 비둘기는 바닥에서 한참을 비틀비틀하더니 푸드덕 날아갔다. 옆에 있던 가게의 주인 할아버지가 "내가 여기서 70년을 넘게 살았는데 이런 광경은 처음 보네!"라며 낄낄 웃으셨다. 그때 그 비둘기는 잘 살았을까? 오늘은 닭이나 한 마리 담백하게 구워먹어야겠다.

라벨로의 해안 절벽, 꿈결 같은 노랫소리

: 바그너의 〈파르지팔〉과
칼라마리 프리티

지중해에서 먹는 한치 튀김 한 접시

나폴리 하면 한여름의 풍경이 그려진다. 노천 레스토랑에서 대낮부터 느긋하게 마시던 화이트와인, 작은 잔에 나오는 진한 에스프레소, 달콤하고 시원한 젤라또 아이스크림…… 태양은 뜨겁지만 지중해 바닷바람은 솔솔 불고, 화이트와인 덕분에 딱 기분 좋은 정도로 알딸딸한 상태. 지금도 눈만 감으면 그때의 태양과 바람이 느껴진다. 여기서 절대 빼놓을 수 없는 음식이 바로 칼라마리 프리티Calamari Fritti, 즉 한치 튀김이다.

칼라마리 프리티는 오징어보다 작은 한치를 내장을 제거한 후 동글동글한 링 모양으로 잘라 튀겨낸 음식이다. 밀가루를 살짝 뿌려 오징어 튀김처럼 튀기지만 튀김옷이 얇아 흰 살이 투명하게 보인다. 여기에 소금과 레몬 즙만 뿌려 화이트와인을 곁들여 먹는다. 칼라마리를 처음 먹었을 때 나는 놀라서 포크질을 멈출 수가 없었다.

"우와! 이거 뭐야? 뭔데 이렇게 맛있어?"

지중해에서 갓 잡은 한치를 신선한 오일에 튀겨냈을 뿐인데 너무나도 맛있었다. 기름을 여러 번 쓰는 게 아니기 때문에 튀김인데도 느끼하지 않고, 먹고 나서도 속이 편했다. 또 우리나라는 한치가 비싸지만 이탈리아는 많이 잡히기 때문에 가격도 저렴했다. 나폴리나 폼페이, 소렌토 같은 남부 지역에 가이드를 가면 꼭 단골집에 들러 칼라마리를 주문했다. 푸른 바다가 보이는 식당에서 칼라마리 프리티 한 접시에 와인 한 잔 마시고 있으면 세상 모든 근심걱정이 사라졌다. 파도 한 번 보고, 한치 하나 집어먹고. 신선놀음이 따로 없었다.

아무리 사는 게 힘들어도 먹는 순간만큼은 음식에 몰두하던 이탈리아 사람들. 식당에서 전쟁처럼 줄 서고 급히 먹고 때우는 게 아니라 근심 걱정을 잠시 내려놓고 식사시간을 즐기는 여유. 그때 나는 그러한 문화와 공기 속에 내가 들어가 있다는 자유와 행복감을 만끽했다. 음식이란 그런 것 같다. 단지 칼라마리 프리티의 맛만 기억나는 게 아니라 그 음식을 먹는 순간 나를 둘러쌌던 공기와 분위기와 행복감까지 떠오른다.

나는 이탈리아의 많은 도시를 사랑했지만 남부로 내려갈수록 꼭 물 만난 물고기처럼 기분이 좋고 편했다. 그중 나폴리는 사람으로 표현하자면

셔츠의 단추를 세 개쯤 풀어헤친 자유로운 영혼의 사나이가 떠오른다. 작렬하는 태양 아래 빨간 반바지에 조리 신고 짤짤 끌고 다니는 구릿빛 얼굴의 사내를 보면 딱 남쪽 멋쟁이라는 느낌이 든다. 북쪽 멋쟁이는 좀 다르다. 키가 한 188센티미터쯤 되는 호리호리한 남자가 세련된 와이셔츠에 흰 벨트 차고, 스트라이프 무늬 반바지에 와인색 구두 신고서 두오모 성당 앞에서 담배 한 대 딱 물고 있다면 그는 밀라노에 가면 볼 수 있는 북쪽 멋쟁이다.

예술이건 음식이건 모든 건 다 지운을 타고난다는 얘기가 있다. 인간의 모든 문화가 날씨와 아주 밀접한 연관이 있다는 것이다. 따뜻한 남유럽에선 연애를 할 때도 창문을 활짝 열어놓고 사랑의 세레나데를 부르지만, 북유럽은 춥고 비바람과 폭풍이 몰아치니 창문 꼭 닫아놓고 벽난로 앞에 앉아 시를 쓴다. 음악사를 봐도 이탈리아 남쪽과 북쪽의 차이가 참 재미있다. 이탈리아 오페라 역사상 가장 위대한 작곡가 두 명을 꼽으라고 한다면 푸치니와 베르디이다. 그런데 둘 다 북부에서 태어난 사람들이다. 반면 전설적인 테너인 엔리코 카루소는 남쪽인 나폴리 출신이다. 북부인 밀라노의 대표적인 극장 '라 스칼라'의 거장으로 불리는 위대한 지휘자 리카르도 무티도 나폴리에서 태어났다. 그래서 이탈리아의 위대한 작곡가는 북쪽에서, 위대한 성악가와 지휘자는 남쪽에서 많이 태어났다는 이야기가 있을 정도다.

음식도 남쪽과 북쪽이 다르다. 북쪽으로 갈수록 날씨가 추우니까 저장용 고기, 예를 들어 살라메나 프로슈토 같은 걸 많이 먹는다. 국경 넘어 아예 독일로 올라가면 소시지를 먹는다. 남쪽으로 내려가면 해산물이 풍부하니 해산물 요리도 많고, 재료가 신선하니 조리법도 재료 본연의 맛을 살리는 요리가 많다. 그래서 이탈리아 날씨를 이해하고 나면 이탈리아 사람들이 지역마다 왜 그렇게 성향이 다른지 저절로 이해가 된다.

우리 식당은 이탈리아 남부 스타일의 음식이 많다. 그래서 제철 해산물을 많이 쓴다. 굳이 북쪽 음식을 꼽으라고 한다면 스테이크 정도다. 고기를 굽는 방식이나 플레이팅 방식에 있어서 이탈리아 북부 음식을 많이 참고했다.

라벨로의 어느 해안 절벽 위에서

나폴리에서 남동쪽으로 35킬로미터쯤 떨어진 곳에 라벨로Ravello라는 아름다운 도시가 있다. 아말피 해안 위쪽에 있는 해발 350미터의 도시인데 도시 전체가 어찌나 예쁜지 심지어 건물 벽의 타일들도 알록달록 총천연색이다. 당시 나는 나폴리에서 열린 콩쿠르에서 상을 받았는데 우승자들에겐 라벨로 음악축제에서 연주할 수 있는 기회가 주어졌다. 콩쿠르에서 상을 받고 아름다운 도시에 초청되어 노래를 부를 수 있다는 것 자체로 행복한 시간이었다. 라벨로에서는 매년 음악축제가 열려서 전 세계에서 온 클래식

음악 애호가들과 아말피 해변에 놀러온 관광객들이 누구나 음악을 즐긴다.

이탈리아로 유학을 떠날 때 우리 부부는 10년 가까이 이탈리아에서 살게 될 줄은 몰랐다. 학교만 졸업하고 돌아올 생각이었기 때문에 오래 있어 봤자 4년 정도일 줄 알았다. 그러나 생계를 위해 가이드 일을 시작하고, 도저히 학업과 병행할 수 없어 학교를 자퇴하면서 계획에 없던 삶을 살게 되었다. 그렇다고 해서 성악 공부를 그만둔 것은 아니다. 가이드 일을 하는 틈틈이 이탈리아 전역에서 열리는 수많은 콩쿠르에 나갔고 훌륭한 성악가들의 마스터클래스에서 지도를 받으며 실력을 쌓았다. 가이드 일감이 차츰 안정적으로 들어와 생계를 유지할 수 있게 되면서부터는 공부를 빨리 마치고 귀국해야겠다는 생각은 점점 사라지고 이탈리아에서의 하루하루가 너무나도 즐거워졌던 것이다.

라벨로에서 노래를 불렀던 곳은 아말피 해안의 절벽 위에 있는 어느 오래된 수도원이었다. 공연 날이 하필이면 내 생일이었는데 음악회가 시작되기 전에 해안 절벽 위에 있는 식당에서 식사 대접까지 받았다. 그때 나온 것도 바로 칼라마리 프리티이다. 푸른 바다가 끝없이 펼쳐져 있는 절벽 위에서 먹는 한치 튀김이라니, 얼마나 근사하던지!

저녁에 열린 공연은 더욱 꿈만 같았다. 8월의 여름밤, 고풍스러운 수도원의 발코니에서 지중해의 바닷바람이 솔솔 불어 들어오고, 정원과 건물 곳곳에는 중세로 시간여행을 한 것처럼 옛날식 횃불이 타올랐다. 수도원 복도 끝에 마련된 무대에서 반주자가 그랜드피아노를 연주하고 나는 베르디의 오페라 〈돈 카를로〉에 나오는 아리아 '그녀는 나를 사랑한 적이 없네 Ella giammai m'amo'를 불렀다. 나, 한국인 소프라노, 중국인 테너, 이렇게 세 명의 연주가 이어지는 동안 관객들은 온몸으로 음악을 음미했다. 눈을 지그시 감은 채 낭만적인 선율에 귀 기울이던 몇몇 할머니 관객들의 두 눈에서 눈물이 주르륵 흘러내리는 모습이 보였다. 성악가와 관객 모두 같은 시공간 안에서 음악과 예술에 심취해 있었다. 어느 나라에서 온 사람인지, 어떤 피부색인지는 그곳에서 아무 상관이 없었다. 그 공간과 시간 안에 살아 숨 쉬는 유럽의 문화에 모두가 동조하고 모두 같은 감성을 나누는 너무나도 멋있는 순간이었다.

독일 사람 바그너가 사랑한 이탈리아

이 아름다운 도시 라벨로에서 말년의 바그너는 자신의 마지막 작품인 〈파르지팔〉의 작곡을 시작했다. 바그너는 독일 사람이지만 이탈리아를 너무나도 사랑해서 이탈리아 여행을 평생 아홉 번이나 했다. 나이가 들면서 지병인 심장병이 심해지자 따뜻한 남쪽나라인 이탈리아로 요양을 자주 갔다. 바그너의 〈파르지팔〉은 기독교 성배 전설을 모티프로 한 작품으로, 파르지팔이라는 이름의 청년이 깨달음을 얻으며 성배 기사단을 구원한다는 내용이다. 그런데 이탈리아 오페라와는 형식이 좀 다르다. 이탈리아 오페라에서 중요한 아리아의 비중은 적고, 그 대신 오케스트라 연주 비중은 훨씬 많다. 바그너 자신도 이 작품을 오페라라고 안 하고 '악극'이라고 했다. 그는 라벨로에 여행을 갔다가 어느 아름답고 오래된 저택의 신비로운 정원에서 영감을 얻어 이 작품을 작곡했다. 그렇게 완성한 〈파르지팔〉의 초연을 마친 후 베네치아로 요양을 떠났다가 그곳에서 70세 나이에 생을 마감했다.

독일 사람 바그너와 이탈리아 사람 베르디는 1813년 같은 해에 태어난 동갑내기다. 바그너는 독일 오페라를 대표하고 베르디는 이탈리아 오페라를 대표하는 음악가가 되어 동시대를 살며 위대한 작품들을 만들었다. 하지만 음악 색깔은 전혀 달랐다. 이탈리아 오페라가 다양한 장르로 발전하며 대중의 인기를 얻은 것과 달리, 독일 오페라는 내용도 현실보다는 신화적인 게 많고 구성도 많이 다르고 소위 '재미'는 없다. 유럽에서 대중적으로 '뜬' 게 베르디 오페라이고, 그에 비해 바그너 오페라는 대중적으로 뜨진 못했다. 베르디가 워낙 인기가 많으니 바그너는 다른 노선으로 갈 수밖에 없었을 것이다.

한국에 돌아와 국립오페라단에서 공연하던 시절, 내게 〈파르지팔〉 공연의 배역이 들어온 적이 있다. 나는 이탈리아를 좋아하고, 이탈리아와 감수성이 잘 맞고, 이탈리아 오페라를 좋아한다. 반면 독일 오페라는 개인적으로 내 정서와 썩 맞지 않아 별로 좋아하진 않는다. 솔직히 말해 바그너 오페라를 나는 한 번도 끝까지 본 적이 없다. 한 2막부터 아예 잔다. 성악가라는 사람이 오페라를 보며 졸다니! 그만큼 취향이 아니란 얘기다. 물론 바그너 오페라를 좋아하는 사람들은 미치도록 좋아한다. 몇 시간짜리, 며칠짜리 공연을 일부러 가서 본다. 음악적 취향이 사람마다 다른 것이다. 그러니 아무리 큰 공연의 큰 배역이라도 〈파르지팔〉 공연 무대에 서는 게 마음으로 당기지는 않았었다. 때마침 창작오페라인 〈처용〉에도 주인공 옥황상제 역으로 더블캐스팅이 되어 고민 끝에 〈파르지팔〉이 아닌 〈처용〉을 택했다.

〈파르지팔〉은 내용도 심오하고 공연 길이도 4시간 반이 넘어서 일반인에게는 어렵고 지루할 수 있지만 그럼에도 불구하고 이 작품 속에는 노년의 바그너가 라벨로에서 느꼈을 힐링의 느낌이 녹아들어 있다. 보통 나폴리라고 하면 나폴리 출신의 전설적인 테너 엔리코 카루소가 부른 나폴리의 노래 '오 솔레 미오'가 제일 먼저 떠오를 것이다. 하지만 나는 추운 나라에서 햇빛을 그리워하며 요양을 온 노년의 바그너가 떠오른다. 남쪽나라의 뜨거운 태양과 푸른 지중해를 바라보며 그도 몸과 마음의 힐링이 많이 됐을 것이다. 내가 봤던 그 하늘과 바다, 햇볕 내리쬐는 광장과 한가한 골목, 스치는 바람, 아무리 먹어도 질리지 않던 칼라마리 프리티, 식사 후 마시는 카푸치노 한 잔을 19세기의 바그너도 그대로 느끼고 맛보았을 것 같다. 아침에 눈 뜨면 어디서나 지중해가 내려다보이고 바다와 하늘이 맞닿아 있는 곳이라면 거기서 생을 마감해도 괜찮겠다는 생각이 들었을 것이다. 아마 그는 그런 생각으로 늘 이탈리아를 그리워하고 끝끝내 이탈리아에서 생을 마감했던 것이 아닐까?

그대의 봄날은 아직 오지 않았을 뿐

: 베르디의 〈돈 카를로〉와
프로슈토

눈물의 스칼라 극장

밀라노의 오페라 극장 '라 스칼라La Scala' 극장은 모든 성악가들의 꿈의 무대다. 많은 위대한 오페라들의 초연이 이루어진 곳이고, 이곳의 무대에 선 성악가들은 세계적인 스타로 각광받는다. 요즘 많은 한국인 음악가들이 유럽과 전 세계에서 인정받고 있지만, 예전에는 라 스칼라에 한국 사람이 선다는 건 하늘의 별 따기나 다름없었다.

나는 라 스칼라의 무대에 서본 적은 없지만 그 앞에서 엉엉 운 적은 있다. 어느 날 단체 손님들을 이끌고 밀라노의 대표적인 관광지 중 하나인 라 스칼라 극장 앞에서 설명을 하고 있을 때였다. 손님들 중 하나가 내 뒤쪽에 있는 뭔가를 가리키며 물었다.

"어, 저 사람 한국인 아니에요?"

뒤를 돌아봤더니 공연 포스터가 벽에 쫙 붙어 있는데, 손님 말처럼 정말 한국인 성악가였다. 그가 바로 소프라노 임세경이다. 그녀는 지난 2015년, 세계적인 오페라 축제인 '베로나 축제아레나 디 베로나'에서 오페라 〈아이다〉의 주역을 맡으면서, 102년 베로나 축제 역사상 한국인 최초로 주역을 맡은 것으로 큰 화제가 되었다. 그 당시 그녀의 포스터를 본 나는 속으로 '우와! 라 스칼라에 한국인 성악가가 서다니! 정말 대단하다!'라고 감탄했다. 그런데 관광객들에게 설명을 마치고 자유시간을 주고 나서 극장 앞에 홀로 서 있는 순간 나도 모르게 눈물이 왈칵 쏟아지는 것이 아닌가!

'이 사람은 스칼라에서 노래를 하는구나. 그런데 나는 여기까지 와서 돈을 벌겠다고 스칼라 앞에서 가이드를 하고 있구나.'

불현듯 내 처지가 너무도 서글프게 느껴졌다. 한 번 터진 눈물이 그치지 않아 아예 주저앉아 흐느끼며 펑펑 울었다. 그렇게 울고 있는데 누군가가 내 어깨를 툭툭 건드렸다. 빵모자를 쓴 웬 이탈리아 할아버지였다.

"이봐, 왜 울고 있어?"

눈물 콧물을 닦으며 난생 처음 보는 밀라노 할아버지를 붙잡고 주절주절 신세한탄을 했다.

"저는 노래 공부하러 온 스투덴테학생인데요, 오자마자 도둑맞아서 다 털리고요, 돈이 없어서 일을 하고 있고요……."

그동안의 힘든 일들을 이야기하는 동안 할아버지는 말없이 고개를 끄덕였다. 내 얘기가 끝나자 그는 이런 말씀을 해주셨다.

"걱정하지 말게. 내 생각에는 하나님이 아직 자네의 때를 주신 것 같지 않아. 사람은 다 자신의 때가 있는 법이야. 분명히 언젠가 자네 인생에도 그때가 올 거야. 진짜 활짝 웃을 수 있는 날 말이야. 그때가 되면 바로 지금이 생각날 거야. 용기를 가져Coraggio!"

낯선 할아버지의 말 한 마디 한 마디가 심금을 울렸다. 가슴이 벅차고 위로가 됐다. 그 후 세월이 흘러 한국에서 창작 오페라 〈처용〉의 주인공 중 하나인 옥황상제 역을 맡았을 때였다. 그때 같이 공연한 사람이 바로 임세경이다. 지방에 앙코르 공연을 갔다가 아침식사를 하면서 세경 씨에게 처음으로 내 이야기를 꺼냈다.

"사실은 세경 씨를 예전부터 알고 있었어요. 밀라노에서였지요."

밀라노 스칼라 극장 앞에서 그녀의 데뷔 포스터를 보고 울었던 일, 지나가던 밀라노 할아버지로부터 위로를 받았던 일화를 이야기하며 이렇게 덧붙였다.

"그때 세경 씨 포스터를 보면서 '저런 위대한 사람이 있구나' 하고 너무나도 부러웠어요. 그런데 지금 같은 무대에서 공연을 하게 되었으니 참 행복하네요."

내 이야기를 듣던 세경 씨 눈에 눈물이 고였다. 나는 그 옛날 밀라노 할아버지가 해준 이야기가 다시 생생하게 떠올랐다. '그때가 되면 바로 오늘

이 생각날 거야.'

인생이란 참 신기하다. 사람의 인연이라는 것도 정말 신기하다. 세경 씨와 한 무대에서 공연을 한 것도 그렇고, 스칼라의 성악가들이 한국에 왔을 때 오페라 〈토스카〉의 무대에 함께 섰던 것도 그렇고, 비록 스칼라 무대에 서지 못했지만 스칼라의 가수들과 함께 노래하는 행복한 날이 진짜로 왔다. 사는 게 힘들고, 나만 안 풀리는 것 같고, 나의 때가 안 온 것 같아도, 지나고 보면 추억이 된다. 그 할아버지 말처럼 웃을 날이 온다. 오히려 힘든 경험들이 있기에 누군가에게 도움 될 만한 일도 할 수 있게 된다.

울보 혹은 괴물

이탈리아 북부의 대표적인 도시 밀라노는 내게는 시리고 추운 기억으로 남아 있다. 실제로 날씨도 춥다. 비도 자주 오고 바람도 많이 분다. 날씨도, 분위기도, 사람도, 음식도, 이탈리아보다는 독일 느낌이 많이 난다. 자존심 상하고 상처 받고 음식도 맛없는 도시. 그래서 난 일 때문에 가는 것 말고는 밀라노를 별로 안 좋아했다.

로마에 정착하고 나서 비록 풍족하진 않았지만 점차 안정적인 생활을 할 수 있게 되었다. 안정적으로 되었다는 말은 최악은 겨우 면했다는 뜻이다. 여행업은 비수기가 있어서 일이 전혀 없을 때도 있기 때문이다. 그러나 생계 문제보다 더 힘들었던 건 나의 정체성 때문이었다. 분명 노래를 배우러 온 건데 먹고 살겠다고 다른 일을 하고 있었으니! 가이드 일을 하면서 노래 연습을 제대로 한다는 건 불가능에 가까웠다. 성악가의 목에 가장 치명적인 게 바로 말을 많이 하는 거다. 그런데 가이드는 하루 종일 말을 하고 목을 쓴다. 이러다 성악가로서는 끝나는 건가 싶었다. 절망감이 몸으로 느껴졌다. 내가 뭐하는 건가 싶어 펑펑 울기도 많이 울었다. 어느 날 유학생들과의 술자리에서 술을 진탕 마시고 필름이 끊겼는데 그때 내가 울면서 이런 말을 하더란다.

"형! 저는 딱 1년만 일 안 하고 공부만 해보는 게 소원이에요."

그 말을 들은 선배들도 옆에서 마음이 아파 같이 울었다고 한다. 라 스칼라 극장의 임세경 포스터 앞에서 울었던 무렵부터 한동안 우울증도 앓았다. 자존감이 한없이 떨어졌다.

'난 대체 뭐하는 놈이지? 내가 왜 이러고 있지?'

게다가 가이드 일이 늘 즐겁기만 했던 건 아니다. 손님 중에 애를 먹이거나 진상인 손님이라도 있는 날이면 인생이 몹시 서글프고 '내가 왜 이런 하찮은 사람들 앞에서 이 꼴을 당해야 하나' 하는 생각에 너무 슬펐다. 누구 말마따나 '이러려고 유학 왔나 자괴감' 들었다. 대인기피 증상도 생겨 아침에 가이드 나가는 게 구역질 날 만큼, 죽을 만큼 싫은 날도 있었다.

하지만 이런 것들을 극복하는 시기도 분명히 왔다. 말을 많이 해서 성악을 못할 것 같았지만 그걸 넘어서니 몸이 단단해지며 꼭 득음을 하는 것 같왔다. 나 혼자만의 느낌이 아니었다. 많은 콩쿠르에 나가 상들을 연달아 받기 시작한 것이다. 가이드 일정 마치고 공항에서 손님들 배웅하자마자 차를 직접 운전해 시속 160킬로미터까지 밟으며 콩쿠르 열리는 지역으로 달렸다. 차 안에서 옷 갈아입자마자 뛰어가서 노래 부른다는 게 솔직히 미친 짓이었다. 컨디션 조절하고 잘 먹고 잘 자도 안 될 텐데 사흘 내내 가이드하고 목 상태 엉망인 채로 콩쿠르에 나갔으니! 그럼에도 불구하고 이탈리아에 있는 동안 콩쿠르에 17번 나가 그중 상을 14개 받았다. 2003년 시칠리아에서 열린 콩쿠르에서는 동양인 최초로 유럽 비평가 상을 받았고, 2008년도에 나간 13번째 콩쿠르에서는 베이스 1등을 넘어 전체 1등의 영광을 안았다. 힘들면서도 속 시원했다. 언제부턴가 선후배들이 삼삼오오 모여 나를 보며 고개를 갸웃했다.

"전준한 저거 뭐지? 괴물인가? 대체 어떻게 이게 가능한 거지?"

어디서 노래공부를 제대로 하는 것도 아니고 집에서 틈틈이 연습하고 가끔 레슨 받는 게 다인데, 콩쿠르 나갔다 하면 최소한 베이스 중에선 1등을 해오니 남들 눈에 이해가 안 됐을 수 있다. 심지어 아내조차도 이런 나를 신기해했다. 가이드 일도 한때 대인기피 증상을 겪을 정도로 힘들었지만 그게 오히려 내공이 됐다. 사람을 배웠고, 사람 심리를 배웠다. 10년 가까이 수많은 사람을 겪고 나니 이젠 돗자리 깔아도 될 정도로 사람을 금방 파악한다. 그게 거의 틀리질 않는다. 이런 게 전화위복 같다. 힘든 일을 겪으면 또 다른 문이 열린다.

움베르또 죠르다노 콩쿠르 / 레나타테발디 콩쿠르

프로슈토 먹고 콩쿠르 말아먹고

나의 힘든 기억이 서려 있는 밀라노는 베르디가 세상을 떠난 도시다. 베르디는 이탈리아 북부인 파르마의 작은 마을 부세토에서 태어나 밀라노 라 스칼라 극장에서 수많은 걸작 오페라들을 발표했다. 그리고 밀라노에서 생을 마감했다. 이탈리아 오페라 역사를 만든 인물이지만, 촌에서 태어나 가난한 어린 시절을 보냈고 20대 때는 아내와 두 아이를 병으로 연달아 잃는 아픔을 겪기도 했다. 알고 보면 정신적 고통도 참 많이 있었던 사람이다.

베르디의 오페라 〈돈 카를로〉에 나오는 아리아 중에 '그녀는 나를 사랑한 적이 없네'라는 아름다운 곡이 있다. 이 작품은 스페인 궁정에서 벌어졌던 실화를 바탕으로 만든 비극적인 가족과 권력에 관한 이야기이다. 권력욕이 있는 필리포 왕베이스이 아들인 카를로 왕자(테너)를 감금해 죽게 만들었다는 사연이 우리나라의 사도세자 이야기와 비슷해 스페인 버전의 사도세자라고도 불린다. 대부분의 오페라에서 테너나 소프라노가 중요한 역할을 하고 주요 아리아도 그들에게 치중돼 있는 반면 〈돈 카를로〉에 나오는 '그녀는~'은 베이스가 부르는 대표적인 아리아로 꼽힌다. 필리포 왕이 자신에게 마음을 주지 않는 젊은 왕비로 인한 외로움을 호소하며 부르는 아리아인데 곡의 박자가 자장가와 비슷하다. 자장가는 어머니가 아기를 재우는 노래다. 여인의 사랑을 받지 못한 왕이, 여성이 남성에게 줄 수 있는 궁극적인 사랑을 갈구하며 부르는 쓸쓸한 노래인 것이다. 음악사의 한 획을

썼지만 심적 고통도 많았을 베르디의 외로움이 아름다운 아리아로 승화된 것 같다. 나 역시 이 곡을 많이 연습했고 콩쿠르나 무대에서도 여러 번 불렀다.

베르디와 깊은 인연이 있는 밀라노는 날씨가 춥다 보니 음식도 기름진 게 많다. 그중에 돼지고기를 튀긴 밀라노식 포크커틀릿이 있는데 돈가스랑 비슷하다. 그보다 더 대표적인 밀라노 음식은 '살라메'이다. 살라메는 돼지고기를 소금에 절여 수분을 날리고 숙성시킨 생 햄으로, 밀라노에서 만든 살라메는 '살라메 밀라네제'라고 부른다. 이런 방식으로 만드는 돼지고기 저장음식들이 주로 추운 지역에서 발달했다. 밀라노 동남쪽에 있는 도시인 파르마는 돼지 넓적다리로 만든 '프로슈토'가 유명하다. 스페인에서 만든 건 '하몽'이라고 부른다. 얇게 저며 에피타이저나 와인 안주로 먹는 살라메와 프로슈토는 입맛 돋우는 데 그만이다. 파르마의 프로슈토를 달콤한 주황색 멜론에 싸먹는 걸 '프로슈토 에 멜로네(프로슈토와 멜론)'라고 하는데 단 멜론과 짭짤한 프로슈토의 조합이 기가 막혀 여름 에피타이저로 최고다.

프로슈토 하면 파르마 콩쿠르를 잊을 수 없다. 2004년도에 파르마에서 열린 콩쿠르에 동료 유학생 네 명이 함께 참가했다. 숙소에 짐을 풀고 이튿날 경연에 참가할 예정이었는데 그 놈의 프로슈토가 우리 발목을 잡았다. 파르마는 프로슈토의 본고장이다 보니 동네에 프로슈토 파는 가게가 여럿 있었다.

"그래도 여기까지 왔는데 프로슈토를 안 먹고 갈 순 없지 않나?"

우린 숙소 근처에 있는 프로슈토 가게에 가서 와인 한 잔만 하려고 했다. 그런데 이런! 너무 맛있는 게 아닌가? 낮에 먹고 숙소에 들어왔다가 해가 지자 도저히 참을 수가 없었다.

"야, 도저히 못 참겠다! 한 판만 더 먹자!"

프로슈토를 포장해 와서 호텔에서 와인과 함께 먹는데 어느 새 와인이 다 떨어졌다. 프런트에 가서 호텔 식당에서 파는 와인 한 병만 살 수 있겠냐고 물었다. 그랬더니 지배인이 우릴 보며 이렇게 되물었다.

"당신들 너무 많이 마셨어요. 의사 안 불러도 괜찮겠어요?"

거 참 깐깐한 양반 같으니! 이탈리아 남부 사람 같았으면 주저 없이 와인을 내줬을 텐데 북부라 그런지 무척 깐깐하게 구는 것처럼 느껴졌다. 덕분에 와인을 더 사진 못했지만 사실은 네 명이서 벌써 와인을 세 병이나 해치운 뒤였다! 다음 날 아침, 네 명 다 얼굴이 퉁퉁 붓고 목은 맛이 갔다. 와인도 와인이지만 짠 프로슈토 햄을 세 판이나 먹어댔으니! 결국 그날 콩쿠르에서 네 명 다 떨어지고 말았다. 그때는 우리끼리 정말 어이가 없었지만 지금 생각하면 또 하나의 잊지 못할 추억이다.

하루하루 힘든 삶이었지만 이런 추억이 있어서, 그리고 못 참을 만큼 맛있는 음식이 있어서 행복할 수 있었다. 콩쿠르 우승 대신 프로슈토를 원 없이 먹고 즐거웠으니 이 또한 전화위복 아닌가?

내 꿈은 성공이나 명예나 돈에 대한 게 아니었다.
그저 오늘 하루의 행복에 대한 거였다.

그런 하루하루가 쌓이다 보니
어느 날은 오페라 무대 위에서 노래를 부르는 성악가가 되었고,
또 어느 날은 주방에서 프라이팬을 달구는 요리사로도 살고 있었다.

Part02

내 인생의
성악가에게 바치는 요리

예술가의 숙명을 기리며

: 소프라노 조수미를 위한
나폴리식 고등어찜

요리사의 진정한 행복

"정말 맛있게 먹었어요! 어쩜 이렇게 신선한 재료만 쓰세요?"

요리사로서 가장 기분 좋은 순간은 손님의 행복한 기분이 그대로 느껴질 때다. 식사를 마친 손님이 웃는 얼굴로 고마움을 표할 때 그 사람의 기분이 나한테까지도 전해지는 것 같다. 음식 하나하나를 음미하며 식사 시간을 즐기는 사람들, 그들이 남기고 간 싹싹 비운 빈 그릇들을 볼 때면 얼마나 뿌듯한지 모른다.

무대 위의 성악가가 관객을 향해 노래한다면 주방의 요리사는 손님을 위해 음식을 만든다. 하지만 그게 다는 아니다. 내 생각에 식당은 서비스업과 제조업의 성격을 모두 가지고 있다. 홀에서 손님을 대할 땐 친절하고 유연한 서비스업자여야 한다. 그리고 요리를 만들 땐 음식에 대한 내 색깔을 잃어버리지 않는 제조업자여야 한다. 서비스 마인드만 갖고 장사를 한다면 언젠가 내 색깔을 잃어버릴 것이고, 제조업 마인드만 갖고 장사한다면 불친절해지고 고집만 세질 것이다. 이 두 가지를 모두 잃지 말아야 한다.

올바른 재료를 사용해서, 내가 원하는 제품을 정직하게 생산하고, 그 제품에 대해 자부심을 갖는 것. 이게 내가 중요시하는 요리사의 마인드이다. 나만의 색깔을 살려 정직하게 만들어낸 음식 한 그릇을 즐기며 행복해하는 손님들을 만날 때면 나도 진심으로 행복하고 즐겁다. 그래서 작은 서비스라도 하나 더 챙겨드리고 싶은 마음이 저절로 생긴다. 결국 음식이란 그 음식을 먹게 될 사람을 생각하고 만드는 것이다. 손님뿐만 아니라 특정한 누군가를 위해, 그 사람이 좋아할 만한 뭔가를 만들어주고 싶다는 생각이 막연하게 떠오르는 경우가 있다. 요리하는 사람들이 대개 그렇겠지만 음식 이야기를 하다 보면 음식을 통해 상대방이 어떤 사람일지가 자연스럽게 그려지곤 한다. 주로 뭘 좋아하는지, 못 먹는 음식은 뭔지, 고기를 좋아하는지 해산물을 좋아하는지, 고기 중에서는 소고기를 좋아하는지 양고기를 좋아하는지, 소고기는 기름기 없는 걸 좋아하는지 많은 걸 좋아하는지…… 상대방의 대답에 따라 내 머릿속엔 벌써 그 사람이 좋아할 만한 요리가 착착 그려진다. 거의 본능적으로.

오직 한 사람만을 위한 전준한의 맞춤 요리. 나의 상상 속에서, 혹은 실

올바른 재료를 사용해서,
내가 원하는 제품을 정직하게 생산하고,
그 제품에 대해 자부심을 갖는 것.
이게 내가 중요시하는 요리사의 마인드이다.
나만의 색깔을 살려 정직하게 만들어낸 음식 한 그릇을 즐기며
행복해하는 손님들을 만날 때면
나도 진심으로 행복하고 즐겁다.

제로 그 사람에게 한 끼 식사를 대접한다고 했을 때 자연스럽게 떠오르는 한 그릇의 음식. 그 한 그릇에 담은 진심. 그런 요리를 생각했을 때 제일 먼저 떠오른 사람은 세계적인 소프라노 조수미 씨다.

성악가는 무엇을 먹고 사는가

서울 상수동의 한 레스토랑에서 이탈리아 음악과 음식을 주제로 작은 강연을 한 적이 있다. 강연 주제와 관련해 성악가들이 즐겨 먹는 음식에 대해 조사를 하던 중 조수미 씨에게도 SNS를 통해 연락을 했다. 그녀와 실제로 만난 적은 없지만 몇 해 전 우연히 SNS로 인사를 하게 된 이후 온라인상으로 종종 인사를 주고받았다. 이번에도 안부 인사를 겸해 주로 어떤 음식을 좋아하고 어떤 음식을 피하는지를 여쭤봤다. 그랬더니 그녀는 이렇게 답했다.

"찔러서 피 나오는 건 생선밖에 안 먹어요."

실제로 그녀는 고기를 먹지 않고 생선만 먹는 채식주의자(페스코 베지테리언)로 잘 알려져 있다. 평소 동물보호 활동에도 많은 관심을 갖고 있는 그녀이기에 고기를 입에 대지 않는다는 사실 자체는 별로 특별한 일이 아닐지도 모른다. 하지만 성악가 입장에서는 그녀의 대답이 마음속에 오래 남았다. 평생 자기관리를 게을리 하지 않으며 세계적인 스타 성악가로 사는 그녀의 삶에 대해 여러 가지 생각이 들었다. 문득 예전에 어느 인터뷰에선가 그녀가 했던 말이 스치고 지나갔다. "먹고 싶은 걸 마음껏 먹는 건 다음 생에나 가능할 것 같아요."

사실 성악가들에게 제일 중요한 건 에너지와 스태미너다. 성악은 목으로 부르는 게 아니라 배로 부른다. 복식호흡을 사용해서 노래를 해야 하기 때문에 에너지 소모가 엄청나다. 체력이 굉장하지 않으면 연주를 할 수가 없다. 그래서 평소 체력관리를 잘 해야 하고 그만큼 잘 먹어야 한다.

그래서인지 성악가들 중에는 미식가도 많고 대식가도 많다. 연주가 없을 때면 엄청 먹는 이들이 많다. 그중 상당수가 육식을 즐긴다. 성악가들이 육식파가 많은지 채식파가 많은지에 대한 법칙이 있는 건 아니지만, 무엇을 먹느냐에 따라 목소리가 달라지는 건 사실이다. 몸속에 기름기가 있는 사람의 소리와 그렇지 않은 사람의 소리는 확실히 다르다. 어떻게 보면 콜레스테롤로 노래하는 사람들이라고 표현해도 아주 틀리지는 않을 것 같다. 목소리에 풍부한 기름기를 주는 에너지가 성악가들에겐 필요하다. 그래서 고기를 잘 먹는다. 심지어 과한 육식 때문에 고지혈증 같은 성인병을 달고 사는 성악가들도 적지 않다.

나도 육식을 선호한다. 연주를 며칠 앞둔 무렵이면 나도 모르게 고기를 많이 먹는다. 의도라기보다는 거의 본능이다. 대신 연주 당일에는 속이 무거워지지 않도록 주의한다. 먹고 나서 무거운 음식들이 있는데 한식이 그렇다. 국과 찌개에 염분이 많고 반찬 수가 많다 보니 뱃속에서 혼합이 되고 나면 다소 부담을 주어 연주 직전에는 피하는 편이다. 차라리 파스타가 낫다. 대부분의 지중해 음식이 열량은 적당히 제공하면서도 소화가 잘 되고, 든든하면서도 가볍다. 그 대표적인 음식이 파스타다. 이탈리아의 성악가들은 열에 아홉은 파스타를 좋아한다. 루치아노 파바로티도 생전에 파스타를 무척 즐겨 먹었다고 한다.

성악가의 포지션에 따른 체격 차이도 어느 정도 있다. 악기로 치면 몸집 큰 관악기의 낮고 묵직한 소리와 조그마한 피리의 높고 가벼운 소리가 다른 것과 같다. 몸통과 체격, 성대 길이에 따라 베이스와 테너가 나뉜다. 대체로 베이스 성악가들은 묵직한 소리만큼이나 몸집도 큰 편이고 테너는 그에 비해 작은 사람들이 많다. 3000cc 자동차의 출력과 1000cc 자동차의 출력이 다른 것처럼 말이다.

이처럼 성악가의 목소리는 체격, 체형, 먹는 것, 먹는 양, 에너지 등등과 밀접한 연관이 있다. 그렇기 때문에 평소 무얼 먹는지, 얼마나 먹는지, 에너지를 어떻게 비축하고 사용하는지가 너무나도 중요하다. 기본적으로는 체력이 강하고 힘이 받쳐줘야 노래를 수월하게 할 수 있다. 작고 마른 체격인데 성량이 풍부하고 노래를 잘하는 사람의 경우, 몸에서 출력되는 에너지 분배를 정말 잘 해내는 사람이다.

그녀에게 바치는 건강한 생선 요리

성악가와 음식과의 이러한 특성을 알기 때문에 조수미 씨의 식습관이 내게는 더 감명 깊게 다가왔다. 그 자그마한 체구에서 그토록 기름지면서도 아름다운 목소리를 낸다는 게 얼마나 대단한 일인지 모른다. 여성 성악가들도 에너지를 유지하고 좋은 목소리를 내기 위해 다소 살집이 있는 경우가 많은데 조수미 씨는 웬만한 일반 여성들보다도 날씬하다. 인형 같은 드레스 자태와 아름다운 목소리를 둘 다 유지하기 위해서는 피나는 자기관리를 한순간도 게을리 하지 않았을 것이다. 평생을 그 긴장 속에 산다는 건 아무나 할 수 있는 일이 아니다. '신이 내린 목소리'를 지키기 위해, 그리고 무대 위의 스타 조수미로 살기 위해 얼마나 많이 절제하고 고뇌를 이겨내며 살았을까! 먹고 싶은 걸 맘껏 먹으며 편하게 사는 삶을 포기했기에 전 세계 팬들이 열광하는 지금의 조수미가 존재했을 거라는 생각이 들었다.

성악가로서 그녀의 삶에 존경을 보내며, 요리사로서 대접하고픈 음식이 자연스럽게 떠올랐다. 나의 상상 속에서 어느 날 그녀가 나의 식당에 들렀을 때 마음 편하게 한 끼 식사를 할 수 있도록 대접하고픈 추천요리 첫 번째는 우리 가게에서 '오늘의 요리'로 종종 내는 나폴리식 고등어찜(스콤브로 나폴레타노. 1부 '그 이름만은 남아 있으리라, 언제까지나' 참조)'이다. 이 요리는 육식을 하지 않고 생선까지만 먹는 채식주의자들의 단백질 섭취에 큰 도움이 된다. 먹고 나서 속도 편하고, 생선이지만 와인에 훈증했기 때문에 비린내 없이 향긋하다. 이것 말고도 여러 생선 요리가 떠오른다. 신선한 흰 살 생선을 넣고 안초비로 간을 한 파스타도 추천하고 싶다. 레시피는 간단하다. 대구 살을 올리브오일에 살짝 굽다가 화이트와인을 넣고, 안초비와 케이퍼, 올리브, 방울토마토를 곁들인 후, 생선살이 적당히 바스러진 상태에서 올리브오일을 좀 더 뿌리고 마지막으로 파스타면을 비비면 한 그릇의 훌륭한 생선 파스타가 된다. 또 연어를 미디엄으로 구운 다음 크림소스를 곁들여 신선한 녹색채소와 함께 내면 칼로리는 낮고 단백질은 풍부한 한 끼 식사로 그만이다.

언젠가 그녀에게 한 접시의 신선한 생선 요리를 대접하는 장면을 상상하며, 이 세상의 모든 예술가의 삶에 대해 생각했다. 평생 엄격한 자기관리와 절제 속에 자신의 욕구를 희생하며 사는 예술가들에 비한다면 나는 어디에도 얽매이지 않고 하고 싶은 대로 사는 사람에 가깝다. 아무리 명성이 뒤따른다 하더라도 나 같으면 매 순간 억제하는 삶을 견디지는 못했을 것 같다. 그래서 더더욱 그러한 예술가들에게 존경을 보내는 한편, 그 속이 얼마나 힘들 것인지를 생각하면 마음이 짠해진다.

예술가란 자신의 감정을 낱낱이 끄집어내서 바라봐야 하는 사람이다. 대부분의 일반인들이 사실은 자신의 감정이 어떤지도 모르는 채 그냥 살아간다. 그 날것의 감정을 똑바로 보는 사람들이 바로 예술가들이다. 그래야 예술을 할 수 있고 예술가로 살 수 있다. 보통 사람들보다 뜨거운 건 더 뜨겁게, 차가운 건 더 차갑게 느껴야 한다. 기뻐도 극적으로 기쁘고 슬퍼도

극적으로 슬퍼한다. 별것 아닌 것도 더 극단적으로 느끼고 표현한다. 그래서 삶이 드라마틱해지고, 그렇게 살다 보니 예민하고 피곤하고 에너지 소모도 많을 수밖에 없다. 그런 과정 속에서 태어나는 예술 덕분에 이 세상 사람들은 아름다움을 접하고 위안을 얻는다.

힘든 숙명을 견디며 살아가는 이 세상 모든 예술가들이 가끔은 한 그릇의 음식으로 위안을 얻었으면 좋겠다. 그리고 내가 그런 음식을 만들 수 있었으면 한다.

사실 성악가들에게 제일 중요한 건 에너지와 스태미너다.

성악은 목으로 부르는 게 아니라 배로 부른다.

복식호흡을 사용해서 노래를 해야 하기 때문에 에너지 소모가 엄청나다.

체력이 굉장하지 않으면 연주를 할 수가 없다.

그래서 평소 체력관리를 잘 해야 하고 그만큼 잘 먹어야 한다.

여전히 나는 오늘 시장에서 구할 수 있는 가장 싱싱한 재료를 가지고,
이탈리아 어디에선가 먹어보았던 가장 생생한 기억을 되살려,
누구나 편하게 먹을 수 있는 한 접시의 음식을 만든다.

야수 같은 성악가 혹은 로마의 자유인

: 바리톤 현광원을 위한
소 심장 리소토

스타의 삶 대신 선택한 것

2004년, 브로드웨이 초대형 뮤지컬 〈미녀와 야수〉의 한국어 라이선스 공연이 우리나라에서 최초로 개막됐다. 여주인공 벨 역에는 뮤지컬배우 조정은이, 남주인공 야수 역에는 이탈리아에서 많은 상을 수상하며 활동하던 성악가인 바리톤 현광원이 캐스팅되었다. 야수 역을 뽑기 위해 공개오디션이 열렸고 현광원은 600대 1에 가까운 치열한 경쟁률을 뚫고 뽑혀 큰 화제가 되었다. 더블캐스팅도 아니었다. 1년간 260여 회의 공연을 하는 동안, 그는 중간에 장염에 걸려서 빠진 2회를 제외하고는 모든 무대에 단독으로 섰다.

당시 공연계에서는 또 하나의 성악가 출신 뮤지컬 스타가 탄생했다는 이야기들을 했다. 그러나 공연이 성공적으로 막을 내린 후 그는 스타의 길을 더 이상 가지 않았다. 세월이 흐른 지금은 로마에서 가족과 살며 한식당을 운영하고 있다. 20년 넘게 이탈리아에서 살았으면서도 그는 이렇게 말한다.

"난 이탈리아 음식은 영 별로야. 와인도 내 입맛엔 안 맞아."

와인이 별로라는 로마의 가객. 그가 좋아하는 건 오히려 맥주다. 더운 여름날, 함께 시원한 맥주 한잔을 할 때면 그는 늘 이렇게 말했다.

"준한아, 이 첫 잔은 진짜 맛있게 먹어야 해."

잔에 맥주를 따를 때도 결코 서두르는 법이 없었다. 적당히 뜸을 들이며 천천히 따랐다. 그러고는 이 세상에서 이보다 맛있는 술은 없을 것처럼 음미하며 마셨다. 그래서 그와 마시는 맥주는 유난히 더 맛있고 즐거웠다. 비참하게 마시는 술은 독이 되지만 인생의 철학과 여유와 즐거움을 담아 마시는 술은 행복을 더해준다. 나는 그런 진리를 그를 통해 배웠다.

스타로 살고 있지 않지만 변함없이 노래 잘하고, 아내와 두 딸을 사랑하고, 술을 즐길 줄 아는 사나이. 그런 그를 나는 '광원이 형'이라고 부른다. 나의 로마 시절이 따뜻할 수 있었던 건 나에게 친형이나 다름없는 광원이 형 덕분이었다.

로마에 정착한 후 초반에는 콩쿠르 한 번 나가는 것도 모험일 정도로 형편이 어려웠다. 가이드 일이 안정적으로 들어오기 전이라 돈도 잘 못 벌었다. 꼭 나가고 싶은 콩쿠르가 있었는데 때마침 우리 부부에겐 단돈 50유로밖에 없었다. 아내가 주저 없이 내 손에 그 돈을 쥐어주고 등을 떠밀었다. 미친 짓인 줄 알면서도 달랑 그 돈 들고, 빌린 차 몰고, 콩쿠르가 열리는 도시로 달려갔다.

떨어져도 할 수 없다고 생각했다. 그런데 1차 예선에 덜컥 합격했다. 내 이름이 호명되던 순간의 기쁨도 잠시, 그 다음이 문제였다. 1차 합격자들은 이튿날 열리는 2차에 참가해야 하는데 수중의 돈으로는 하룻밤 머물 숙박비도 낼 수가 없었다. 하는 수 없이 차를 몰고 로마로 돌아오는 길, 고속도로 톨게이트를 지나다 나도 모르게 눈물이 핑 돌았다. 그때 운전대를 돌린 곳은 광원이 형 네 집이었다. 마침 형과 형수님은 김치를 담그고 있었다. 형이 물었다.

"야, 너 콩쿠르 갔다 왔지? 어떻게 됐어?"

형 목소리를 듣는 순간 긴장이 풀리면서 그 자리에 털썩 주저앉았다. 그리고 하염없이 눈물이 쏟아졌다. 형이 깜짝 놀라 다시 물었다.

"왜 그래? 떨어졌어?"

"아니, 형. 나 1차 붙었어."

"뭐? 근데 여길 왜 왔어?"

"……호텔비가 없어서."

많은 세월이 흐른 지금도 나는 그때의 광원이 형과 형수님의 표정 하나, 몸짓 하나까지 뚜렷이 기억이 난다. 고무장갑을 끼고 김치를 담그고 있던 형수님은 그 자리에서 장갑을 벗고는 한마디 말도 없이 방에 가더니 손에 뭔가를 들고 나왔다. 그리고 광원이 형은 그걸 내 손에 쥐어주었다.

"야, 형이 빌려줄 테니까 이거 갖고 콩쿠르 나가. 미쳤냐? 아무리 돈이 없어도 그렇지 콩쿠르를 포기하려고 그래!"

내 손에 들린 건 현금 250유로. 광원이 형은 빨리 가라며 나를 재촉했다. 나는 눈물을 훔칠 새도 없이 형이 쥐어준 현금을 갖고 다시 콩쿠르 장소로 달려갔다.

우선 그 도시에서 제일 싼 호텔의 제일 싼 방을 구했다. 그리고 빵가게에서 흰 빵을 사서는 길거리 식수대에서 식수를 받아와 빵과 물로 끼니를 대신했다. 다음 날 열린 2차 예선 결과는 또 다시 합격. 이제는 본선만이 남았는데 몇 끼를 빵으로 때웠더니 너무 기운이 없었다. 큰 맘 먹고 쌈짓돈을 쪼개 그 동네에서 제일 저렴한 식당에 들어가 스테이크를 사먹었다.

그렇게 해서 치러낸 콩쿠르의 최종 결과는 전체 참가자 중 무려 2등. 2005년 이탈리아 남부의 포자Foggia라는 도시에서 열린 움베르토 지오르다노Umberto Giordano 국제 콩쿠르였다. 성적도 성적이었지만 상금을 2000유로나 받았다. 그 돈으로 집세 460유로 내고, 이런저런 빚 갚고, 광원이 형에게 빌린 250유로도 갚을 수 있었다. 나중에야 안 사실이지만 광원이 형이 나한테 빌려줬던 250유로는 그 당시 형이 수중에 갖고 있던 현금 전부를 탈탈 털어 내준 것이었다.

"야, 형이 빌려줄 테니까 이거 갖고 콩쿠르 나가. 미쳤냐?
아무리 돈이 없어도 그렇지 콩쿠르를 포기하려고 그래!"

내 손에 들린 건 현금 250유로.

광원이 형은 빨리 가라며 나를 재촉했다.

나는 눈물을 훔칠 새도 없이 형이 쥐어준 현금을 갖고
다시 콩쿠르 장소로 달려갔다.

내 영혼의 해산물 리소토

이탈리아에 도착한 지 얼마 되지 않았을 때 우리 부부는 하루하루가 마치 허허벌판에 맨 몸으로 내던져진 것만 같은 기분이었다. 초반에 강도마저 당하고 나니 낯선 현지인들이 다 무섭기만 하고 어디 하나 기댈 데도 없었다. 그런 우리를 광원이 형 내외가 참 많이 도와주고 보살펴줬다. 로마에 살던 내내 든든한 버팀목과도 같았다. 고마움이라는 말로는 표현이 다 안 된다. 우리 부부에게 베풀어준 말로 다 표현 못할 마음, 그 마음을 담은 음식은 바로 한 그릇의 따뜻한 리소토이다.

어느 여름날 우리 부부가 그의 집을 처음 방문했을 때였다. 그가 부엌에서 분주히 왔다 갔다 하며 물었다.

"리소토 안 먹어봤지? 조금만 기다려봐. 내가 진짜 맛있는 리소토 해줄게."

이탈리아의 대표적인 음식 중 하나인 리소토risotto는 쌀로 만든 음식이다. 이탈리아 말로 '리소riso'가 쌀rice이라는 뜻이다. 생쌀을 볶아서 만들기 때문에 우리가 먹는 밥하고는 조금 다른 음식이다. 제일 다른 점은 쌀을 설익힌다는 점이다.

그래서 나도 그 당시엔 리소토에 대한 편견이 있었다. 덜 익은 쌀알이 입 안에서 도는 게 별로였던 것이다. 밥에 익숙한 한국 사람들은 대개 이탈리아 오리지널 리소토가 처음에 어색할 수 있다. 지금 우리 가게에서도 리소토를 팔지만, 쌀을 원래보다 조금 더 익혀서 볶음밥 느낌으로 만들어야 손님들이 더 맛있다고 느낀다. 한국인 입맛에 맞게 약간 변형시킨 리소토를 내는 것이다.

사실 리소토는 조리할 때 굉장히 인내가 필요한 음식이다. 살짝 볶은 생쌀에 육수를 조금씩 부어가며 계속 저어가면서 만든다. 쌀이 육수를 먹어 졸아들면 육수를 또 붓고 또 젓고를 반복한다. 어떻게 보면 파스타보다 정성이 더 들어간다.

그가 해준 리조토는 해산물을 듬뿍 넣어 하얗고 담백하게 만든 것이었다. 올리브유에 쌀을 볶은 후 잘게 다진 오징어와 홍합과 새우를 넣고 닭고기 육수를 조금씩 부어가며 정성껏 만들었다. 여름이라 더우니까 살짝 식혀 약간 따뜻한 상태로 접시에 내왔다. 숟가락으로 떠서 입 안 가득 넣었을 때 그 전까지 알지 못했던 전혀 새로운 맛이 펼쳐졌다. 나와 아내는 두 눈을 휘둥그레 뜨고 서로를 쳐다봤다.

"헉! 진짜 맛있어!"

살아 있는 쌀알이 이리저리 톡톡 씹히고, 쌀알마다 해산물 맛이 잘 배어 있고, 그 와중에 오징어와 조갯살이 재미있게 씹히고, 끝에는 은근한 허브 향도 감돌았다. 너무 뜨겁지도 차갑지도 않은 적당한 온도의 리소토를 우리 부부는 땀까지 흘려가며 싹싹 긁어먹었다.

형이 손수 만들어준 한 그릇의 리소토는 백 마디 말보다 훨씬 따뜻한 위로의 음식이었다. 아내는 그날 리소토를 처음 먹어보고는 리소토라는 음식 자체를 좋아하게 되었다. 지금까지도 우리 부부는 "그때 그 리소토 진짜 맛있었지." 하며 추억에 잠기곤 한다.

리소토에 감사를 담아

"형, 나도 형처럼 식당 하나 차리고 싶은데 할 수 있을까?"

"그럼! 너 요리 잘 하잖아! 너라면 잘 할 거다. 걱정하지 마!"

성악가로서의 내게 항상 용기를 북돋워주었던 것처럼 그는 내가 식당을 차릴 때도 격려를 아끼지 않았다. 그의 말대로 우리 식당은 서서히 입소문이 나며 단골손님들도 제법 많아지고 있다. 하지만 아무리 식당이 잘 돼도 내 마음속에는 아직 못 푼 숙제 같은 게 남아 있다. 광원이 형에게 손수 내 요리를 정식으로 대접하고 싶은 것이다. 맨 처음 이탈리아에 갔을 때 우리 부부를 위로하는 리소토를 해줬던 것처럼, 이제는 내가 그 고마운 마음을 몇 배로 갚는 보답의 리소토를 해주고 싶다.

고기 좋아하는 그를 생각하며 내 머릿속에선 그를 위한 맞춤 요리 하나가 그려졌다. 이름하여 '리소토 콘 일 쿠오레Risotto con Il Cuore'. '일 쿠오레'는 '심장'이란 뜻으로, 우리말로 하면 '소 심장 리소토'이다. 생크림 베이스의 리소토 비앙코, 즉 하얀 리소토 위에 한국식 갈비양념에 볶은 소 심장을 얹고, 맨 마지막에 프레체몰로를 솔솔 뿌려 허브 향을 더할 것이다. 정통 이탈리아식이라기보다는 한식과 이탈리아식을 조합한 일종의 퓨전음식이다. 생크림에서는 서양음식 맛이 나지만 갈비양념 덕분에 한국인 입맛에도 친숙하다. 쌀 요리라 죽 같은 느낌도 나지만 죽과 달리 쌀알의 식감이 살아 있고, 저지방 고단백인 소 심장을 넣었기 때문에 보양식으로도 그만이다. 무설탕 저지방 생크림을 사용하면 칼로리 걱정도 덜 수 있다. 최근 고혈압 진단을 받았다는 소식을 듣고 나서 부쩍 그의 건강이 염려되었다. 그러다 보니 기왕이면 그의 입맛에도 잘 맞고 원기 회복에도 도움 되는 특별한 리소토를 만들어주고 싶다.

그가 출연한 뮤지컬 〈미녀와 야수〉에서 야수는 마침내 저주에서 벗어나 멋진 본모습을 되찾는다. 그 야수를 연기했던 바리톤 현광원은 스타라는 구속을 내던지고 평생을 로마의 자유인으로, 자신의 본모습대로 산다. 이런 게 바로 진정한 야수의 삶, 예술가의 인생 아닐까?

꿈이 현실이 되는 운명의 순간들

: 테너 박세원을 위한
봉골레 파스타

나를 성악의 길로 이끈 사람

내 인생에서 처음 만난 오페라는 비제의 〈카르멘〉이다. 고등학교 때 난생 처음 세종문화회관에 가서 오페라 공연이라는 걸 관람했던 그날의 전율이 지금도 생생하다. 공연이 끝나고 막이 내리고 나서도 나는 한참이나 자리에서 일어나질 못했다. 다리의 힘이 풀려 꼼짝할 수가 없었고 심장이 멎을 것처럼 충격을 받았다. 나는 어머니에게 말했다.

"엄마, 저 성악 할 거예요."

학창시절 이미 노래로 두각을 나타내고 있었지만, 그날의 공연으로 인해 성악가가 되겠다는 결심이 돌이킬 수 없이 확고해졌다. 내성적이고 수

줌음 많던 외고 남학생의 운명을 바꿔놓은 첫 오페라. 1990년 공연 당시 여주인공 '카르멘' 역은 2007년 작고한 러시아의 고려인 성악가, 메조소프라노 '루드밀라 남'이었다. 그녀의 상대역, 남주인공 '돈 호세' 역을 맡았던 성악가는 테너 박세원서울대 음대 명예교수, 전 서울시오페라단 단장이었다. 환상적인 무대 위에서 관객을 사로잡던 그는 고등학생이던 내게 저 하늘 위의 별 같았다.

인생에는 '운명'이라는 말을 믿을 수밖에 없는 참 신기한 우연의 순간들이 있다. 그때 오페라 공연을 관람하게 된 것도 우연의 연속이었다. 우리 어머니가 그 공연의 티켓을 얻게 된 것은 당시 문화부장관이던 이어령 교수의 부인인 강인숙 여사 덕분이었다. 건국대 교수를 지낸 강 여사님과 교직에 계셨던 우리 어머니는 어릴 적 친구이자 마산여고 동창이면서 서울대 동문이기도 해서 80대 중반의 연세가 된 지금까지도 친하게 지내신다.

내가 어렸을 때 어머니는 종종 나를 데리고 친구 집인 평창동 이어령 교수님 댁에 놀러가곤 하셨다. 내 기억 속에서 그곳은 넓은 마당에 수영장까지 있는 꿈의 놀이공원이었다. 그 집 딸인 민아 누나는 어린 나를 귀여워하며 같이 놀아주곤 했다. 그 누나가 바로 이어령 교수님의 따님, 2012년에 세상을 떠난 고 이민아 목사다.

몇 년 후 어느 날, 오페라 공연 초대권이 몇 장 생겼으니 보러 가라며 강 여사님이 우리 어머니에게 전화를 했다. 어머니가 워낙 클래식음악과 오페라를 좋아하신다는 걸 잘 아셨기 때문이다. 어머니는 전화를 끊고 나서 무심코 내게 물으셨다.

"준한아, 너 오페라 보러 갈래?"

그렇게 해서 별생각 없이 어머니를 따라간 공연이었다. 거기서 내 영혼까지 송두리째 빼앗긴 채 성악가의 꿈을 꾸게 될 줄은 상상도 못한 일이었다. 그 후 20여 년의 세월이 흐른 어느 날, 이탈리아 생활을 접고 귀국한 나는 우여곡절 끝에 서울시오페라단의 오디션에 합격했다. 그때 오페라단을 이끌던 단장님은 다름 아닌 박세원 선생이었다. 그것만으로도 가슴 벅찬 사건인데 심지어 이듬해인 2011년에는 오페라 〈라 트라비아타〉 공연에서 선생님과 같은 무대에 서는 날이 왔다! 나는 여주인공 비올레타를 돈으로 소유하려 하는 듀폴 남작 역을 맡았고 박세원 선생님은 비올레타를 진심으로 사랑하는 남주인공 '알프레도 제르몽' 역으로 열연하셨다. 2막에서 남작과 알프레도가 비올레타를 사이에 두고 대립하는 장면이 나오는데, 바로 그 장면에서 선생님과 함께 노래하게 되었던 것이다. 같은 무대에 선다는 걸 알게 됐을 때 온몸이 전기에 감전된 것 같았다. 살다 보니 이런 꿈같은 순간이 내게 오기도 하는구나! 공연을 앞두고 분장실에서 선생님께 다가가 말씀드렸다.

"선생님! 제가 선생님 덕분에 이 길에 들어섰는데, 오늘 선생님하고 같은 무대에 서네요. 저 지금 가슴이 터질 것 같습니다!"

그랬더니 선생님이 나를 보며 씩 웃어주시는데, 정말이지 요즘 유행하는 말로 '헐! 이거 실화냐?'라는 말이 절로 나오는 순간이었다. 내 인생을 바꿔놓은 분이 훗날 나를 단원으로 뽑아주실 줄이야! 그분의 무대로 인해 성악가의 꿈을 굳히게 되었는데 20년 후 그분과 함께 노래하게 될 줄이야!

본연의 맛을 위한 기다림의 시간

박세원 선생은 그 공연을 마지막으로 오페라 무대에서 은퇴하셨다. 그러나 선생과의 특별한 만남은 몇 년 후 또 다시 이루어졌다. 2016년 어느 날, 조개를 듬뿍 넣은 한 그릇의 봉골레 파스타를, 내 식당을 방문한 그에게 손수 대접했다. 긴 세월 돌고 돌아 천천히 완성되는 한 편의 드라마 같은 장면이었다.

"선생님! 드디어 제가 선생님께 파스타를 해드리네요!"

봉골레 파스타는 선생님이 평소 즐겨 드시던 음식이었다. 공연을 앞두고 리허설을 하다 끼니 때가 되면 "밥 먹으러 가자!"며 출연자들을 데리고 근처 식당으로 앞장서셨는데, 연주 전엔 대개 이탈리아 음식을 선호하셨다. 그중에서도 거의 항상 봉골레 파스타를 드시는 모습을 볼 수 있었다. 그런데 봉골레 파스타를 정말 맛있게 하는 곳을 찾기란 쉽지 않았다. 연습 시간 때문에 극장에서 가까운 식당 위주로 급히 가다 보니 선택의 여지가 없었던 것이다. 그때마다 마음속에 아쉬움이 남았다.

'제대로 된 봉골레 파스타를 드시면 정말 좋아하실 텐데……'

마늘과 조개를 넣어 만드는 봉골레 파스타는 요즘 우리나라 사람들도 매우 즐겨 먹는 파스타 중 하나다. 이탈리아에는 지역별로 다양한 조리법의 봉골레 파스타가 있는데 그중 나는 남부 시칠리아 스타일로 만드는 걸 좋아한다. 팬에 신선한 조개를 듬뿍 넣고, 향채소인 프레체몰로도 듬뿍, 굵게 으깬 마늘도 듬뿍, 화이트 와인도 듬뿍 부어넣은 다음, 뚜껑을 닫고 훈증해서 조개를 쪄낸다. 시칠리아 사람들은 이렇게 와인에 훈증을 해서 조개의 육즙을 충분히 우려내 국물이 자박자박해지도록 만든 후 파스타 면을 넣어 완성한다. 그러면 시원한 조개 향과 마늘 본연의 맛을 만끽할 수 있다.

이때 주의할 점은 마늘을 태우면 안 된다는 점이다. 조개와 마늘을 넣는 봉골레 파스타도 그렇고, 마늘만 넣는 알리오 올리오 파스타도 그렇고, 마늘을 어떻게 조리하느냐에 따라 파스타 맛이 확 달라진다. 요즘 우리나라 요리 방송 등을 보면 슬라이스한 마늘을 올리브오일에 살짝 태우는 걸 자주 볼 수 있는데 볼 때마다 '저러면 안 되는데……' 하고 안타까운 기분이 든다. 마늘은 슬라이스할 때와, 굵게 으깰 때, 잘게 다질 때의 맛과 향이 다르다. 그리고 태울 때와 태우지 않았을 때의 맛과 향과 영양이 다르다. 일단 타기 시작하면 마늘 본연의 향이 날아가기 시작하고, 영양학적으로 보면 마늘의 중요 영양소인 알리신이 분해되기 시작한다. 더욱이 바싹 태운 마늘은 마늘 맛보다는 탄 맛으로 먹게 된다. 이 탄 맛을 마늘 맛으로 잘못 아는 사람들이 의외로 많다.

봉골레 파스타.

절대 마늘을 태우지 말 것!

조개 없이 마늘 하나만으로 맛을 내는 알리오 올리오는 쉽게 얘기하면 마늘을 굽거나 태워 만드는 파스타가 아니라 올리브오일에 마늘 본연의 향을 듬뿍 배게 만드는 파스타이다. 그래서 나는 알리오 올리오를 만들 때 팬에 올리브유와 으깬 마늘을 넣고 서서히 뜨겁게 달궜다가 잠시 불을 끄고 기다린다. 마늘을 태우는 게 아니라 그냥 마늘 향이 기름에 스며들도록 하기 위해서다.

서두르지 말고, 태우지 말고

달리 비유를 하자면 이렇다. 아주 잘 지어진 밥은 반찬 없이 맨밥만 먹어도 너무나 달고 맛있다. 태워먹은 밥을 맛있는 밥이라고 하지는 않는다. 알리오 올리오도 마찬가지이다. 진짜 맛있는 정통 알리오 올리오는 마늘 향이 듬뿍 잘 배어 있을 뿐, 재료를 일부러 태워 탄 맛으로 먹지는 않는다. 우리 가게에서 알리오 올리오를 맛본 손님들이 "어떻게 하면 이런 맛이 나요?" "정말 좋은 올리브유를 쓰시나 봐요?"라며 신기해하거나 비결을 물으면 나는 딱 한마디의 대답만 해드린다.

"마늘을 안 태우면 돼요."

이것 말고는 비결이랄 게 없다. 단순한 상식이다. 마늘 본래의 맛을 살려내기만 하면 된다. 이 원리만 기억한다면 누구나 깊은 맛을 내는 알리오 올리오와 봉골레를 만들 수 있다.

뜨거운 올리브오일에 마늘 향이 푹 배어들 때까지의 조용하고 짧은 기다림의 시간을 나는 소중하게 여긴다. 살다 보면 기다림에도 여러 종류가 있다는 생각이 든다. 내가 준비한 것에 대한 결과를 기다리는 것도 있고, 순환하는 사계절처럼 시간이 흐르면 자연히 올 것에 대한 기다림도 있고, 도대체 언제 좋은 소식이 들릴지 알 수 없는 막연한 기다림도 있다. 짧은 기다림도 있지만 기나긴 기다림도 있다. 그리고 운명에 대한 기다림도 있다. 언제 올지 정확히 알 수는 없지만, 내가 죽지 않는 한 언젠가는 나에게 오리라는 것을 믿는 숙명의 기다림. 인생은 그런 기다림의 연속인 것 같다.

박세원 선생님이 나의 식당에 오셨을 때, 내 요리를 기다리고 있는 선생님을 위한 봉골레 파스타를 만들면서, 굵게 으깬 마늘 본연의 향이 오일에 충분히 배도록, 그리고 조개의 육즙이 풍성하게 우러나오도록 기다리면서, 참으로 여러 가지 감회가 들었다. 지나간 세월, 운명, 기다림 같은 것들에 대해 생각했다. 그 옛날 쳐다볼 수도 없었던 박세원 선생님이었는데, 시간이 흘러 그분의 오페라단에 들어가 활동하고, 같은 무대에도 서보고, 결국 오늘은 그분을 위해 내 손으로 봉골레 파스타를 해드리는구나! 1990년부터 2016년까지의 신기한 조각들과 운명의 연결선들이 재미있고 감격스러웠다.

기다리면 언젠가 오는 것, 그리고 기다리지 않지만 오는 것들이 분명히 있다. 그걸 다 예측할 수 없어서 삶이 더 값지고 아름답다.

가게 이름 '오스테리아308'은
이탈리아 식당의 한 종류인 '오스테리아(osteria)'에
이곳 번지수 308번지를 붙여 만든 것이다.

누구나 편안하게 들러 이탈리아 가정식을 즐겼으면 좋겠다는
마음으로 차린 내 인생의 첫 식당.

변치 않는 바닷속 암석처럼

: 첫 스승 임은호에게 바친
이탈리아식 해물짬뽕

"전준한! 너 레슨 받고 싶은 거지?"

"……"

그의 물음에 나는 아무 대꾸도 할 수 없었다. 먹던 순대국밥 그릇 위로 눈물만 뚝뚝 떨어졌다. 대학 떨어지고 군대 갔다 와서 직업도 없이 방황하던 20대 중반의 청년. 노래를 하겠다는 꿈 하나 말고는 아무것도 가진 게 없던 대책 없는 놈. 그런 놈을 그분은 제자로 받아주고 그날부터 지도를 해주셨다. 나의 첫 성악 스승, 바리톤 임은호 선생님이다.

그 시절을 생각하면 제일 먼저 대학로 거리 풍경이 떠오른다. 나는 그

동네에서 도시락 배달 아르바이트를 하느라 늘 이리 뛰고 저리 뛰었다. 그래서 지금도 대학로에 가면 옛날 생각이 많이 난다. 풍경은 많이 바뀌었지만 20대 때 내가 흘린 땀 냄새가 아직 거기 남아 있는 것만 같다. 앞날은 알수 없었어도 성악가가 되겠다는 다짐 하나는 놓지 않던 청춘이 있었다.

어렸을 때 나는 남 앞에 선다는 건 상상도 못하는 내성적인 성격의 아이였다. 숫기도 없고 사람들 앞에선 쭈뼛거렸다. 오페라 무대에서 노래를 하고, 공연의 사회를 보고, 관광가이드 경력이 있는 나에게 그런 면이 있었을 거라고 사람들은 잘 상상하지 못하지만 사실은 낯도 엄청 가린다. 그러다 고등학교 때 목소리 하나로 전교에서 유명해졌다. 국어시간에 책 낭독할 때도, 음악시간에 새로운 노래 배울 때도 선생님과 친구들은 제일 먼저 나를 쳐다봤다. 하지만 외국어고등학교이다 보니 성악과에 진학한다는 건 말도 안 되는 소리였다. 〈카르멘〉 공연을 보고 와서 결심을 굳혔을 때 선생님들과 어머니는 "무슨 음대냐!"며 펄쩍 뛰었다.

내 고집도 만만치 않아서 무작정 성악과에 지원을 했다가 보기 좋게 떨어졌다. 그 후 20대 내내 '죄인'이라는 낙인을 뒤집어쓰고 살았다. 우리나라에서는 대학 떨어져도 죄인, 재수생도 죄인, 학교나 부모님이 원하는 대학에 못 가도 죄인, 취직 못하고 알바만 해도 죄인이다. 그때나 지금이나 크게 다르지 않을 거라 생각한다. 아무리 내 인생의 방향을 스스로 결정짓고 나아가려 해도 어른들이, 사회가 인정하지 않는 길이면 '한심한' 인생으로 낙인찍힌다. 하지만 20대는 자기 꿈을 위해서 뭔가를 하고 있는 시기일 뿐, 겉으로 그럴 듯해 보이지 않는다고 해서 한심한 인생인 건 아니다.

걱정 가득한 어머니에게 음대 포기하겠다고 약속을 했지만 정말로 포기한 건 아니었다. 대신 이리저리 방황을 했다. 교회에서 운영하는 신학 학교도 다녀보고, 군대도 갔다 오고, 아르바이트해서 내 손으로 돈도 벌었다. 뭔가 내 인생을 찾기 위해 괴로워하던 시간이었다. 그러던 중 내가 다니던 교회에서 음악부를 담당하셨던 임은호 선생님이, 성악을 공부하고 싶어 하는 내 사정을 알게 되셨다. 성악을 전공하고 명문대학에 출강도 하시는 선생님이라는 걸 알고 나는 그분에게 성악을 배우고 싶었다. 음대를 한 번 떨어져봐서이기도 했지만 기본적인 레슨도 한 번 안 받고 독학해서 음대를 들어간다는 건 거의 불가능한 일이라는 걸 깨달았기 때문이다. 예고에서 일찍부터 교육을 잘 받은 아이들도 떨어질 마당에, 또 다시 고배를 마시지 않으려면 기본기를 배워야만 했다.

나의 이런 상황을 짐작한 선생님이 어느 날 나를 순대국밥 집으로 불러 일단 밥을 한 그릇 사주시는데 "레슨을 받고 싶어요."라는 말 한마디가 차마 내 입에서 안 나왔다. 우물쭈물하며 국밥만 깨작거리는 나에게 선생님이 먼저 말씀을 해주셨던 것이다.

"그 대신 레슨비는 받는다. 그것마저 없으면 네가 느슨해져서 안 돼."

나는 아르바이트비 16만 원 중에서 10만 원을 한 달 레슨비로 드렸다. 음대를 준비하는 학생의 일반적인 레슨비를 생각하면 정말 터무니없을 정도의, 무상이나 다름없는 비용이었다. 더구나 횟수 상관없이 수시로 내게 연락하셔서 "시간 되지? 레슨 받으러 와라." 하고 불러주셨다. 그 후 1년간 선생님께 성악 기초 레슨을 받았다. 그리고 스물여섯 살 되던 1997년도에 연대 성악과에 입학했다. 사람들이 기적 같은 일이라고들 했다.

내 인생의 은인에게

이탈리아로 건너가고 나서도 가끔 선생님께 안부를 전해 드렸다. 산타 체칠리아 음악학교에 합격한 소식, 콩쿠르에서 상 받은 소식을 말씀드리면 뛸 듯이 기뻐하셨다.

"거 봐! 내가 너 잘 될 거라 그랬잖아!"

생계 때문에 학교를 자퇴하고 여행 가이드로 일한다는 소식을 전해 드렸을 때 선생님은 "그래, 그렇구나." 하며 별다른 말씀은 하지 않으셨다. 하지만 국제전화 너머에서 마음 아파하신다는 걸 느낄 수 있었다. 그 후 나는 나대로 정신없이 이탈리아 생활을 하느라 점점 연락을 못 드리게 되고, 선생님은 선생님대로 가족과 미국으로 건너가 사시다 목사님이 되어 목회활동을 하신다는 소식을 들었다.

오랜만에 선생님을 뵙게 된 건 내가 식당을 차린 후였다. 그 무렵 선생님의 제자 한 분으로부터 마음 아픈 소식을 들었다.

"얘기 들으셨어요? 선생님이 파킨슨씨병 진단을 받으셨다고 하네요."

뭐에 얻어맞은 것처럼 한동안 멍해졌다. 내가 성악가의 길을 정말 갈 수 있도록 이끌어주신 최초의 스승이자 인생의 은인이신 분께 난 아무것도 해드린 게 없었다. 이런 배은망덕한 제자가 있을까? 너무나 죄송하고, 너무나 그리웠다. 당장 선생님께 전화를 드렸다. 일부러 쾌활한 목소리로 말씀드렸다.

"선생님! 제 가게에 한번 오세요. 제가 한 끼 대접할게요."

1년간 내게 레슨을 해주실 때 선생님은 노래만 가르쳐주신 게 아니었다. 따뜻한 한 끼를 사주시기도 하고, 사모님이 직접 밥을 차려주시기도 했다. 레슨을 하다가 출출해지면 대개 이렇게 말씀하셨다.

"준한아, 우리 짬뽕이나 먹으러 갈래?"

댁 근처에 단골 중국집이 하나 있었는데 선생님은 거기 갈 때마다 꼭 삼선짬뽕을 시키셨다. 오랜만에 선생님을 뵙게 되었을 때, 그것도 나의 식당에 모시게 되었을 때, 해산물 듬뿍 든 짬뽕을 맛나게 비우던 그 옛날의 선생님 모습이 선명하게 떠올랐다. 그 시절의 필름이 마치 옛날 영화를 튼 것처럼 돌아갔다. 나는 그날 아침 일찍 장을 보러 가서 아주 싱싱한 조개와 갖가지 해산물들을 잔뜩 사왔다.

방황하던 청춘을 붙들어준 손길

내 식당을 방문하신 선생님의 두 손을 잡으며 속으로 눈물을 삼켰다. 세월이 많이 흘러 연세가 드신 모습보다도, 앞으로 힘든 병마와 싸우셔야 하는 현실에 억장이 무너지는 것 같았다. 그런데도 선생님은 아무 일도 아니라는 듯 "다 하나님의 뜻이지."라며 밝게 웃으셨다. 나도 태연한 목소리로 여쭸다.

"선생님, 그때 그 짬뽕 생각나세요?"

"어, 그럼! 생각나지."

"오늘은 제가 이탈리아식 삼선짬뽕 해드릴게요."

그날 선생님께 해드린 요리는 '스파게티 알로 스콜리오Spaghetti allo scoglio'라는 이름의 해산물 스파게티이다. 올리브오일 베이스의 담백하고 하얀 스파게티로, 홍합과 조개, 새우, 오징어 등 다양한 해산물이 풍성하게 들어간다. 흰 살 생선과 조개에 화이트와인을 부어 해물 육수를 진하게 뽑아내 만든다. 해산물 진액으로 맛을 내는 요리라 할 수 있다. 여기에 소금 간만 살짝 하고 반 자른 방울토마토를 곁들이면 된다.

삼면이 바다로 둘러싸인 반도에 사는 우리나라 사람들이 해산물을 좋아하는 것처럼, 삼면이 바다로 둘러싸인 이탈리아 사람들도 갖가지 해산물이 들어간 요리를 잘 해먹는다. 선생님이 즐겨 드시던 삼선짬뽕의 생명이 싱싱한 해산물인 것처럼, '스파게티 알로 스콜리오'도 각종 해산물의 향연을 즐기는 건강요리이다.

'스콜리오Scoglio'는 '바닷속에 있는 바위'라는 뜻이다. 바다 밑에 있는 바위에는 조개, 어패류, 갑각류가 서식한다. 그런 해산물로 만드는 스파게티라는 뜻에서 붙은 이름이다. 그 누구에게도 도움 받을 처지가 되지 못했던 내 손을 잡아 이끌어주신 선생님이란 존재가 그 시절 방황하던 내겐 굳건한 암석과도 같았다. 나는 그 굳건한 암석에서 처음으로 뿌리를 내리고 터전을 잡을 수 있었다.

그날 선생님은 내가 만들어드린 스파게티를 하나도 안 남기고 맛있게 드셨다.

"이야, 진짜 맛있다! 내가 이걸 또 와서 먹어야 할 텐데……."

선생님 말씀에 너무나도 마음이 아팠지만 그 앞에서 내색하지 않으려고 이를 악물었다. 아무렇지 않은 척, 다시 선생님께 해산물 요리를 대접할 날을 기약했다.

제주산 딱새우 파스타.

오직 한 사람만을 위한 전준한의 맞춤 요리.
나의 상상 속에서, 혹은 실제로 그 사람에게
한 끼 식사를 대접한다고 했을 때
자연스럽게 떠오르는 한 그릇의 음식.

그 한 그릇에 담은 진심.

내 노래에 날개를 달아준 전설의 스승들

: 세기의 성악가들에 배운 진리,
그리고 그들이 좋아한 음식

본질과 유통성의 조화

성악을 공부하러 가서는 음악학교 입학 한 달 만에 자퇴한 유학생. 나의 정체성은 이렇게 애매한 것이었을지도 모른다. 제도권으로만 따지면 말이다. 그러나 여행 가이드로 일하면서도 나는 꾸준히 노래를 배웠고, 목소리를 발전시켰고, 각종 콩쿠르에서 좋은 성적을 거뒀다. 그럴 수 있었던 이유 중 하나는 세계적인 성악가들이 운영하는 마스터클래스에 참가해 나의 목소리를 업그레이드 시킬 수 있는 배움의 기회를 얻었기 때문이다.

그중 제일 먼저 만난 사람은 바리톤 '실바노 카롤리Silvano Carroli, 1939~'이다. 베네치아 출신의 세계적인 성악가인 카롤리는 전설의 테너 '마리오 델 모나코Mario del Monaco, 1915~1982'의 제자이다. 실바노 카롤리는 아직 미숙하던 내 목소리를 성숙시키고, 막혀 있는 소리를 열어주고, 대조적인 발성법들을 균형 있게 구사할 수 있도록 가르쳐 주셨다.

본디 이탈리아 오페라의 대표적인 성악 발성법이라고 하면 '벨칸토bel canto' 창법을 꼽는다. 벨칸토는 '아름다운bel+노래canto'라는 뜻으로 아름답게 기교적으로 노래 부르는 것을 뜻한다. 이탈리아 오페라에서는 19세기부터 벨칸토 발성법을 가장 중요시했다. 20세기 들어 극장과 오케스트라 규모가 커지고 오페라 작법도 달라지면서 쇠퇴하는 듯했던 벨칸토 창법을 다시 부각시킨 성악가가 바로 그리스 출신의 '마리아 칼라스'다. 그녀는 '벨칸토란 목소리를 악기처럼 최대한 활용하고 제어하는 기법'이라고 했다. 20세기 중반 이후의 청중들은 벨칸토 발성에 익숙해진 듯했는데, 벨칸토와 달리 아주 힘 있고 강하고 남성적인 발성으로 노래를 불러 센세이션을 일으킨 성악가가 있었으니 그가 바로 실바노 카롤리의 스승인 마리오 델 모나코이다. 이것을 '멜로키melocci' 발성이라고 한다. 최근 뇌종양으로 세상을 떠난 러시아의 유명 바리톤, '시베리아의 호랑이'라는 별명으로 불리던 드미트리 호보로스토프스키는 멜로키 발성으로 노래를 하던 성악가였다. 그는 생전에 자신은 벨칸토 오페라와는 잘 맞지 않는다고 말한 적도 있다.

이탈리아 정통파이면서 멜로키 발성의 매력을 알린 마리오 델 코나코, 그의 제자 실바노 카롤리에게 사사받은 나는 벨칸토 발성과 멜로키 발성을 모두 배울 수 있었다. 쉽게 말해 가장 낮은 음역대인 베이스이지만 저음 발성뿐만 아니라 고음 발성도 배운 것이다. 흔히 베이스라고 하면 저음만 중후하게 잘 부르면 된다는 편견을 가지고 있지만 실바노 카롤리는 '베이스는 이래야 한다'는 편견을 깨도록 가르치셨다. 그의 가르침은 나중에 내가 〈명태〉 등의 노래를 할 때 무거운 저음과 화려한 고음을 나만의 스타일로 부를 수 있게 하는 데 큰 도움이 되었다.

본질을 충분히 이해하되 융통성을 발휘하는 것. 본질을 사랑하고 존중하되 새로운 조건도 수용하고 나만의 색깔을 만드는 것. 그가 가르쳐준 발성의 기본은 내 노래의 기본이자, 요리를 대하는 태도이기도 하다.

바리톤 '실바노 카롤리'의 파르미지아노 레지아노 치즈

실바노 카롤리가 가르쳐준 것은 발성법만이 아니다. 성악가가 평소 목 관리를 어떻게 하면 좋은지에 대해 실용적인 방법들을 많이 알려주셨다. 그중 하나가 와인 활용법이다. 그는 평소 와인을 즐겼고 연주 전에도 적당량의 와인을 마시곤 했는데, 목을 좋게 해주는 팁을 말씀해주셨다.

"연주 전엔 화이트와인보다 레드와인이 좋다네. 그리고 레드와인을 끓여 마시게."

이유를 여쭤보니 레드와인이 화이트와인보다 비타민이 더 많고, 이걸 끓여서 알코올을 완전히 날리면 농축 비타민 역할을 한다고 했다. 그러면서 이렇게 덧붙이셨다.

"나의 스승 마리오 델 코나코가 쓰시던 방법이라네."

나는 요즘에도 목이 상했거나, 다음 날 연주인데 소리가 안 돌아오거나 하면 제일 먼저 와인을 끓인다. 팔팔 끓여 알코올이 날아간 뜨거운 와인에 꿀을 타서 마신다. 밤에 한 잔 끓여 마시고 자면 다음 날 목소리도 돌아오고 피로도 풀린다. 원래 와인을 끓여 과일과 계피 등을 넣어 마시는 것을 프랑스어로 '뱅쇼', 독일어로 '글루바인'이라 한다. 유럽 사람들은 겨울에 와인을 이렇게 끓여서 즐겨 마신다. 알코올을 날린 와인은 고농축 수성 비타민이나 다름없다. 흡수도 잘 되고 감기 예방과 치료에도 도움 된다.

카롤리가 좋아한 또 하나의 음식은 '파르미지아노 레지아노parmigiano-reggiano 치즈'이다. 이탈리아 북부 지방인 파르마Parma와 레지오-에밀리아 Reggio-Emilia 지방에서 만드는 치즈라는 뜻으로 수분 함유량이 30퍼센트를 넘지 않는 경성치즈이다. 수분 함량이 많은 부드러운 치즈는 연성치즈, 수분이 적어 딱딱한 치즈는 경성치즈라고 한다. 이탈리아 북부 사람들에게 파르미지아노 레지아노 치즈는 요리뿐만 아니라 민간요법에서 위궤양 치료제로도 많이 쓰였다. 먹으면 실제로 속이 편하고 소화가 잘 된다. 포만감과 에너지를 주어 예로부터 먼 길 떠나는 여행자들이 휴대용 식량으로 갖고 다녔다. 열량은 많지만 지방과 콜레스테롤 함량이 적은 건강식이기도 하다. 카롤리는 공연 전에 대개 이 치즈를 한 200그램 정도 잘라 드셨다.

그걸 보고 나도 연주를 하러 갈 때 항상 그 치즈를 싸갖고 다녔다.

파르미지아노를 영어로는 '파르메산parmesan'이라고 하는데, 흔히 프랜차이즈 피자나 파스타 위에 뿌려 먹는 가루 형태의 값싼 파르메산 혹은 파마산 치즈는 미국 회사에서 만든 상품 이름일 뿐 이탈리아의 치즈와는 전혀 다른 것이다. 이탈리아산 파르미지아노 레지아노 치즈는 인공 첨가물 없이 아주 엄격하고 까다롭게 생산된다.

베이스 '보날도 자이오티'의 풍성한 해산물 파스타

실바노 카롤리는 나의 미숙한 소리를 성숙시키고, 막혀 있던 소리를 병뚜껑 따듯이 뚫어주고, 찌그러져 있던 소리를 쫙 펴주고, 안에서 마그마처럼 끓고 있던 것을 화산 폭발처럼 분출할 수 있게끔 해준 스승이었다.

그런데 너무 열린 소리는 적당히 잡아줄 필요가 있었다. 부글거리던 화산은 분출도 해야 하지만 언제까지나 용암을 뿜기만 할 순 없다. 필요할 때 적당히 불을 뿜다가 멈출 수 있도록 균형을 맞추고 스스로 자제할 수 있어야 한다. 뚜껑을 열었으면 마개로 닫기도 해야 한다. 한 번 열린 나의 소리를 적절한 타이밍에 잘 덮어주고 정리해주신 분은 바로 베이스 '보날도 자이오티Bonaldo Giaiotti, 1932~'이다. 그는 청중을 압도하는 힘을 지닌 유니크한 목소리의 소유자이자 밀라노와 전 세계 무대에서 베이스 주역으로 활약한 대가이다. 그가 오페라 〈나부코〉에서 열연했을 때 전문가들은 향후 50년 동안 이만한 베이스는 나오지 않을 것이라고 극찬한 바 있다.

압도적인 무대 장악력을 지녔지만 실제로 뵈면 마치 옆집 할아버지처럼 인자하고 너그러운 성품을 지니셨다. 무엇보다 자신이 가르치는 제자들에 대한 남다른 관심과 애정을 갖고 계신 분이었다. 제자들 레슨해주시는 장면을 매번 빼놓지 않고 비디오카메라로 찍어두고 그 자료를 일목요연하게 정리해서 전부 다 보관해 두시는 모습이 정말 인상 깊었다.

탁월한 베이스 성악가인 자이오티는 놀랍게도 평생 기면증을 극복하며 살아오셨다. 기면증은 자기도 모르는 사이에 갑자기 잠이 드는 병이다. 한 번은 오페라 무대에서 공연이 한창 진행되고 있는데 잠이 드는 사고가 발생했다. 오케스트라 연주가 쾅 하고 울리는 소리에 다시 잠에서 깼는데, 그만 다른 오페라에 나오는 아리아를 부르고 말았다! 관객은 술렁이고 공연은 잠시 중단되었다. 그러나 치명적인 핸디캡을 극복하고 무대를 빛낸 대가의 인간적인 실수에 관객은 오히려 박수를 치며 격려를 보냈다. 그만큼 평생 동안 오페라를 사랑하고 훌륭한 인품을 가진 분으로 소문이 자자한 분이었다. 자신의 병이 유전될까 두려워 자식도 두지 않고 미국인 아내와 금슬 좋게 사셨는데, 사랑하는 아내가 얼마 전 세상을 떠나 큰 슬픔에 잠기셨다는 소식을 들었다.

음악에 대한 태도와 평상시의 성품은 음식에 대한 태도에서도 드러났다. 실바노 카롤리에게서 치즈와 와인으로 목 관리와 컨디션 관리하는 실용적인 비법을 배웠다면, 보날도 자이오티는 요리와 와인을 대하는 여유로운 태도 자체가 정말 기억에 남는 분이다. 한번은 마스터클래스 수업이 끝나고 함께 식사를 하러 갔을 때였다. 그분이 시킨 요리는 해산물 파스타였는데, 2인분은 되어 보이는 푸짐한 파스타 한 접시를 참 맛있게도 드셨다. 거기에 화이트와인을 한 병 주문해서는 그 한 병을 파스타와 곁들여 혼자다 드시는 거였다. 연세도 지긋한 분이 양도 양이지만 '어쩜 저렇게 식사를 맛있게 잘 하실까?' 하는 생각에 속으로 감탄했다.

그 모습이 얼마나 내 마음에 깊이 남았던지, 나도 왠지 그분처럼 먹어보고 싶어졌다. 마치 어린 아이가 아빠 하는 걸 괜히 따라해 보고 싶은 것처럼, 세계적인 대가가 하시는 걸 괜히 따라하고 싶었던 거다. 그래서 집에 돌아와서는 해산물 파스타를 잔뜩 만들어서 화이트와인 한 병 사다가 천천히 음미하면서 다 먹었다. 그게 그렇게 기분이 좋았다.

바리톤 '레나토 브루손'의 깔끔한 양갈비 구이

세 번째로 만난 스승은 바리톤 '레나토 브루손Renato Brunson, 1936~'이다. 클래식 애호가들에게는 앞의 두 분보다 더 많이 알려진 세계적인 대가로, 이탈리아 정통 벨칸토 발성을 아름답게 구사하는 귀족적인 목소리로 유명하다.

이 분은 고급스러운 목소리만큼이나 가르침에 있어서도 엄하고 까다로웠다. 어떤 면에서는 제일 무서웠던 스승이다. 10회에 걸친 레슨 동안 매섭게 혼나가면서 배웠다. 레슨을 받으러 가면 늘 선글라스를 낀 채 의자에 앉아 팔짱 끼고 다리 꼬고 앉아 귀를 활짝 열고 내 목소리를 듣고 계셨다. 그러다 약간의 가사 실수라도 나오면 곧바로 멈추고 정정을 해주셨다.

"쯧쯧쯧! 너 거기 틀렸어. 봐봐, 넌 이렇게 발음했지? 그건 이렇게 발음해야 돼."

놀라운 건 악보를 보지 않고도 작품 속 모든 파트를 다 외우고 계셨다는 점이다. 한 예로 오페라 〈메피스토펠레〉에 나오는 아리아를 불렀을 때 내가 어디서 어떻게 틀렸는지를 정확히 알고 고쳐주셨는데 그 작품에는 사실 바리톤 파트는 나오지 않는다. 자신의 파트가 아닌 다른 파트 가사와 선율까지 악보 없이 꿰고 있으시다는 걸 알고 소름이 돋을 정도였다. 거기서 큰 교훈을 배웠다. 이만큼 철두철미하게 음악을 하시니까 대가의 자리에 오를 수 있었구나!

그분으로부터 배운 또 하나의 놀라운 가르침은 "네가 이 세상 모든 노래를 자장가처럼 부를 수 있다면 너는 대가가 될 수 있다."는 것이다. 자장가란 어머니가 아기를 재우는 노래다. 아름다우면서도 고요하고 절제해서 불러야 한다. 절제된 호흡과 정서를 표현할 수 있어야 하기 때문에 제대로 부르기가 정말 어려운 게 바로 자장가이다. 그래서 흔히 대가들은 솔로 음반을 낼 때 수록곡 중에 자장가를 넣는 경우가 많다.

브루손의 레슨 시간에 나 역시 호흡을 절제하는 훈련을 받았다. 베르디의 〈아틸라〉라라는 오페라가 있는데 이 작품에 나오는 아리아들은 고음도 많고 기교적으로도 매우 어렵다. 그중 강하게 포르테로 불러야 하는 대목을 속삭이듯 피아니시모로 불러보라고 하셨다. 노래를 할 때 강하게 지르는 것보다 작게 잘 부르는 게 훨씬 더 어렵다. 몇 번이고 반복하게 하니 그땐 정말 죽을 만큼 힘들었다. 그런데 그게 다 호흡을 절제하는 훈련방법이었다는 걸 알았다.

실바노 카롤리가 나의 막힌 소리를 열어주고, 보날도 자이오티가 열린 소리를 잡아주었다면, 레나토 브루손은 내 소리에 디테일과 포인트를 부여해주셨다. 호흡을 정제시키고 모양새를 만들 수 있게 했다. 그 전까지는 일단 양복을 입을 수 있게 된 것이라면, 이 분은 거기에 나비넥타이도 매주고, 손수건도 꽂아주고, 구두에 광내는 법도 가르쳐주셨다.

참 신기한 게 식사하는 습관에도 그의 철두철미함과 깔끔함이 그대로 나타났다. 마스터클래스가 끝나고 나서 식사를 하러 가면 제일 먼저 와인을 신중하게 직접 골랐다. 꼭 값비싼 와인을 고르는 것도 아니었다. 비유하자면 우리 돈 5,000원 쯤 되는데 맛을 보면 의외로 훌륭한 와인을 기가 막히게 선별했다. 그만큼 와인에 대한 조예가 깊었다. 그러나 보날도 자이오티와 달리 와인도 음식도 양이 많으시진 않았다. 노래에 있어서나 음식에 있어서나 어마어마한 자기절제와 철저함이 몸에 밴 예술가였다.

내 소리를 열어준 실바노 카롤리, 열린 소리를 잡아준 보날도 자이오티,

거기에 디테일과 철학을 부여해준 레나토 부르손. 지금 생각해보면 시기별로 나에게 꼭 필요한 스승들을 운명적으로 만날 수 있었던 것 같아 참 감사하다.

각 스승들의 개성과 가르침이 달랐던 것처럼 내 상상 속에서 그분들에게 대접하고픈 요리도 각각 다르다. 우선 파르미지아노 레지아노 치즈를 즐겨 드시던 실바로 카롤리에게는 부드러운 안심 스테이크 위에 치즈를 올려드리고 싶다. 토스카나산 소고기 안심을 구워 얇게 썰고 그 위에 치즈를 올리면 고기의 뜨거운 열에 치즈가 살짝 녹는다. 원래 탈리아티 스테이크라고 해서 고기를 잘라서 파는 베네치아식 스테이크가 있다. 자른 고기 위에 파르미지아노 레지아노 치즈를 올리고 발사믹 식초를 뿌린 후 고기의 열에 치즈가 녹아내릴 때 루콜라에 싸먹는 요리로, 고기와 치즈와 채소 향이 고급스럽게 조화를 이룬다. 보날도 자이오티에게는 푸짐한 해산물 파스타 한 접시에 신선한 칼라마리 프리티 잔뜩 튀겨서 좋은 화이트와인 한 병을 내드릴 것이다. 마주 앉아 함께 천천히 식사하며, 그동안 훌쩍 큰 내 아들 사진을 보여 드리면 인자하게 활짝 웃으실 것 같다. 까다롭고 깐깐한 레나토 브루손은 깔끔한 양갈비 구이를 좋아하실 것 같다. 소금, 후추로 간하고 허브를 곁들인 적당하게 익은 양갈비에는 진하고 무거운 '발폴리첼라'라는 와인이 궁합이 잘 맞는다. 양고기 한 점에 와인 한 모금을 세심하게 음미한 후 흡족한 표정을 지으신다면, 숨죽이고 그 모습을 지켜보던 나도 안도의 한숨을 내쉬며 기분이 좋아질 것만 같다.

내 목소리를 성장시켜준 대가들을 위한 마음속의 요리 대접. 오늘도 난
요리로, 노래로, 그리고 삶으로, 그분들의 가르침을 되새긴다.

대가의 자리를 지킨다는 것

: 바리톤 고성현의
채끝 등심 스테이크

대포 같은 바리톤이 스테이크를 썰 때

'동양에서 온 대포', '콰트로 바리토니(4명 몫을 하는 바리톤)', '잠자고 있는 토스카를 깨운 성악가'······ 바리톤 고성현에게 이탈리아 언론이 붙인 별명들이다. 1980년대, 결혼 후 이탈리아에 건너가 여행 가이드로 생계를 꾸리며 성악 공부를 한 그는 실력과 패기로 이탈리아 관객과 전 세계 오페라 팬들을 사로잡았다. 그는 한국의 성악가들이 가장 존경하는 성악가이자 성악도들에게 살아 있는 전설로 불린다. 한편 대중과의 소통도 중시해서 크로스오버 음반을 발매하기도 하고 얼마 전에는 MBC 드라마 〈아버님 제가 모실게요〉에 출연하기도 했다.

성악 공부를 시작했을 때 나에게 그는 감히 범접할 수 없는, 현실에서는 만날 수 없을 것 같은 분이었다. 그래서 그분과 같은 무대에서 노래를 하게 됐을 때 너무나 꿈만 같아 믿어지지 않을 정도였다. 맨 첫 무대는 서울시오페라단의 〈토스카〉 공연에서 고성현 선생이 주인공을 하실 때였다. 나는 단역에 불과했지만 멀찍이 뵙는 것만으로도 연예인 보는 것처럼 설렜다. 다시 몇 년 후 더욱 가슴 벅찬 공연이 있었다. 2014년 예술의 전당에서 열린, 화희오페라단이 기획한 제2회 평화음악회 '세계인이 함께 하는 한국가곡'이라는 타이틀의 공연이다. 여러 남녀 성악가들이 출연해 우리나라 가곡을 불렀는데 테너 김남두, 바리톤 고성현, 그리고 베이스에 내가 나갔다. 대기실에 찾아가 인사를 드리면서도 그저 어렵고 영광스럽기만 했다. 그런데 그 후 어느 날 내 식당에 몸소 오셔서 내 손으로 구워 드린 스테이크를 써시게 됐다!

그날 선생께 해드린 건 소고기 채끝 등심 스테이크였다. 그런데 드실 때 칼끝으로 작은 지방 조각까지 꼼꼼하게 다 제거하고 드시는 걸 볼 수 있었다. 뿐만 아니라 소금을 먼저 뿌리지 말아 달라고 미리 요청을 하셨다. 스테이크를 구울 때 강한 불에 겉면을 구워 육즙이 빠져나가지 않게 하는 것을 시어링searing이라고 하는데, 시어링을 할 때 소금을 먼저 뿌리고 구우면 맛이 깊은 대신 염도가 높아진다. 반면에 소금을 뿌리지 않고 구우면 먹을 때 스스로 염분을 조절해서 먹을 수 있다. 지방과 염분까지 세심하게 가려 드시는 걸 보고 '이야! 저 모습이 고성현 선생님이구나! 그만큼 자기관리도 철저하게 하시는 분이구나!' 하는 걸 느꼈다.

　음식을 먹는 모습에서 그 사람의 성격을 알 수 있는 것처럼, 선생이 식사를 하시는 모습에서 그분의 완벽한 노래와 무대가 어디서 나온 것인지를 짐작할 수 있었다. 그는 무대에서 실수를 한 적이 없고 실수하는 장면이 담긴 자료화면도 거의 없는 성악가로 손꼽힌다. 그만큼 완벽을 추구한다. 심지어 공연 당일에 공연을 아예 취소하시는 경우도 있다. 예전에 어떤 인터뷰에서 말씀하시기를 아침에 일어났는데 목 상태가 좋지 않으면 다른 손해를 감수하더라도 차라리 무대를 포기하신다고 한다. 어떤 이들은 너무 지나친 완벽주의 아니냐고 할지도 모르겠지만 나에게는 다르게 이해됐다. 성악가로서 더 큰 것, 더 먼 미래까지 보는 선택을 하는 거라고 말이다.

　사실 외국의 유명한 성악가들은 자신의 컨디션에 따라 공연을 갑자기 취소하는 일도 적지 않다. 파바로티도 종종 공연을 갑자기 취소하곤 했다. 관객들의 티켓 값도 환불해 줘야 하고 주최측의 손해도 물어줘야 하지만, 손해배상보다 더 중요한 건 실수의 역사를 남기지 않는 것이다. 대가의 자리에 올라갈수록 작은 실수도 용납되지 않기 때문이다. 그렇게까지 완벽을 추구하고 흠 없는 모습을 보여주었기에 청중들은 더더욱 열광했던 것이다.

　무대에서 완벽한 모습으로 존재하려면 일상생활도 오로지 무대를 위한, 노래를 위한 것이 되어야 한다. 철저한 목 관리와 건강관리는 기본이고, 먹을 때도 아무 거나 닥치는 대로 먹지 않는다. 지키지 못할 약속은 잡지 않고, 실수할 무대는 오르지 않는다.

음악에 대한 어마어마한 열정, 오랜 세월 최고의 자리를 지키고 있으면서도 오히려 소리가 끊임없이 더 발전하고 있는 보기 드문 성악가. 고성현 선생의 모습을 보면서 무대에서나 생활에서나 배울 게 참 많다는 생각을 했다. 그저 재능만으로는 대가의 자리에 오르지도, 그 자리를 계속 지키지도 못했을 것이다.

누구나 자신만의 길이 있다

한편으론 '나라면 저 정도의 위치에서 그런 완벽주의적인 삶을 살 수 있을까?' 하는 질문을 나 자신에게 해보았다. 솔직히 말하면 '그렇게는 못 살 것 같다'는 답이 나왔다. 무대를 위해, 예술을 위해 모든 것을 바치는 삶. 한때는 그런 삶을 동경하던 시절도 있었다. 그러나 언제부턴가 그건 내가 진짜 원하는 삶이 아니란 걸 알았다.

완벽한 무대를 위해 모든 걸 바치는 예술가의 삶은 때로 슬프고 가혹할 때도 있다. 소프라노 조수미가 아버지의 부고를 듣고도 무대에 올랐던 일화는 유명하다. 2006년 프랑스 파리 샤틀레 극장에서의 리사이틀은 그녀의 세계무대 데뷔 20주년을 기념하는 공연이었다. 그녀는 그날 아침 아버지가 돌아가셨다는 소식을 들었지만 공연을 취소하지 않았다. 앙코르 곡을 하면서 그녀는 관객들에게 "오늘 고국에서 제 아버지의 장례식이 있었습니다. 이 공연을 아버지에게 바칩니다."라고 말했다. 이어서 부른 슈베르트의 '아베마리아'와 푸치니의 오페라 〈잔니스키키〉의 '오 사랑하는 나의 아버지'에 프랑스 관객들은 눈물을 흘리며 기립박수를 쳤다.

대가의 자리를 지키기 위해서는 참 많은 것을 포기하고 살아야 한다. 포기하는 것들 중에는 평범한 일상도 있고, 가족도 있고, 집도 있고, 먹고 싶은 음식도 있고, 게으름도 있고, 가족의 슬픈 소식에 눈물 흘리는 당연한 것들도 있다. 이 도시 가서 공연하고, 다시 짐 싸서 비행기 타고 저 도시 가서 공연하고, 호텔에서 자고 또 비행기 타러 가고…… 한 곳에 정착하지 못하고 사는 삶도 감수해야 한다. 그걸 위해 가족들이 큰 희생을 하거나, 아예 가정을 이루지 않고 살기도 한다. 보통 사람이 누리는 것들을 포기한다는 건 쉬운 일이 아니다. 때문에 같은 성악가라 할지라도 무엇을 포기하기로 했는지에 따라, 그리고 어떤 것이 자신의 적성에 더 맞는지에 따라 가는 길도 달라진다.

나는 예전에 지금과 전혀 다른 삶을 살 뻔한 기회가 있었다. 독일 뉘른베르크의 한 합창단에서 입단 제안이 들어왔을 때였다. 조건도 좋고, 소속도 생기고, 고정 수입이 생기므로 불안정한 가이드 일을 하는 것보다는 생활도 안정적일 것이다. 솔깃하지 않았다면 거짓말이다.

"그런데 저는 독일어를 전혀 못 하는데요?"

그것까지 감안해주겠다고 했다. 독일어를 할 줄 알아야 뽑힐 수 있는 곳인데, 그것도 동양인에게 그 정도면 파격적인 조건이었다. 그날 밤새 담배를 피우며 고민하고 또 고민했다.

'진짜 좋은 조건인데…… 일부러 시험 쳐서 들어가려면 정말 들어가기 어려운 곳인데…… 거기 취직하면 안정적으로 살 수 있을 텐데……'

그런데 참 이상했다. 가슴이 뛰지 않았다. 마음이 가질 않았다. 독일의 합창단에 정식으로 들어간다는 건 거주지를 아예 이탈리아에서 독일로 옮겨야 한다는 얘기다. 이탈리아를 떠나 독일로? 그때 문득 깨달았다. 나는 이탈리아에서 사는 걸 좋아했지만, 유럽의 다른 낯선 나라를 돌아다니며 살길 원하는 사람은 아니라는 것을. 그게 내 정체성은 아니라는 것을. 더구나 따뜻한 나라를 떠나 기후도 음식도 안 맞는 곳에서 살 자신이 도저히 없었다. 동이 틀 무렵 마음의 결정을 내렸다.

"좋은 기회를 제안해주셔서 감사합니다. 그러나 정말 죄송하지만, 거절하겠습니다."

거절의 전화를 끊고 나서 왠지 속이 시원했다. 아내는 말없이 고개를 끄덕이며 내 결정을 지지했다. 고정 수입이 들어오는 삶, '독일에서 활동하는 성악가'가 될 수 있는 삶을 포기한 순간이었다. 기회를 날려버린 건데도 이상하게 미련이 안 남았다. 지금도 "우리 그때 독일에 갔으면 어땠을까?"라고 아내에게 물어보면 아내도 고개를 절레절레 젓는다. 누구나 사람에겐 자신에게 맞는 길이 따로 있나 보다.

-누구나 자신만의 길이 있다-

나라면
저 정도의 위치에서
그런 완벽주의적인 삶을
살 수 있을까?

그렇게는
못 살 것 같다.

내 인생의 모토, '아트 포 라이프(Art for Life)'

이탈리아에서의 생활은 차츰 안정을 찾아갔다. 가이드 일을 계속 했고, 열심히 레슨을 받으며 콩쿠르에 나갔고, 2006년에는 사랑하는 아들도 태어났다. 그 후엔 한인민박집을 열어 귀국하기 전까지 한 2년 동안 민박집 사장으로 살았다. 투숙객들에게 조식을 제공하느라 한식부터 이탈리아식까지 다양한 음식을 매일 만들었는데, 이 경험은 훗날 지금의 식당을 차리는 데 큰 도움이 되었다. 2010년 말 귀국하고 나서는 주로 국립오페라단과 시립오페라단의 무대에 섰다. 2015년 말에는 식당을 차려 '요리하는 성악가'로 살기 시작했고 〈인간극장〉이라는 방송에도 출연했다.

방송이 나가고 나서 어떤 사람들은 '성악을 포기하고 식당 차린 사람' 정도로 나를 오해하며 짠한 눈빛으로 보기도 했다. 어떤 이들은 예전에 국립이나 시립 같은 큰 오페라 무대에 서던 시절이 그립지 않느냐고도 했다. 유럽에서 활동하는 다른 성악가들이 부럽지 않느냐고 묻는 이도 있었다. 어쨌든 노래도 하고 요리도 하고 이것저것 하는 내 삶이 신기해 보이는 모양이다. 하지만 우선 난 노래를 '했던' 사람이 아니라 지금도 크고 작은 여러 무대에서 노래를 하고 있는 현역 성악가이자 요리사이다. 두 가지 일을 동시에 하는 게 신기해 보일 수 있지만 나는 이게 하나도 안 신기하다. 이십 대 때부터 지금까지 여러 일을 한꺼번에 하며 살아왔으니 말이다. 일도 하고 노래도 하는 삶. 처음엔 어쩔 수 없었지만 이제는 익숙하다. 이게 내

길이고 내 인생이라는 생각이 든다.

누구나 자기가 가지 않은 길에 대한 막연한 동경이나 부러움은 있을 수 있다. 나 역시 유럽에서 성악가로 활약하는 동료나 선후배의 소식을 들으면 잠깐 부러울 때가 있다. 그런데 그 잠깐이 지나고 나면 곰곰이 생각을 해본다. '내가 저 위치라면 저렇게 살 수 있을까?' 그러면 매번 아니라는 대답이 나온다. 유럽에서 활동하는 후배들과 이야기를 나누다 보면 어느 순간 '아하, 그래서 이 사람은 그곳에서 살고 나는 여기서 이런 일을 하며 살고 있구나.'라는 결론에 도달한다. 난 그저 나한테 가장 잘 맞는 삶을 지금 살고 있는 것이다.

아이러니컬하게도 요리사라는 직업도 성악가와 비슷한 데가 있다. 우선 많은 것들을 포기해야 한다는 점이 그렇다. 아침부터 밤까지 주방이라는 한 장소에 머물러 있어야 하고, 다른 사람들이 밥을 먹을 때 정작 요리사는 밥을 못 먹는다. 내가 만들어내는 결과물이 항상 좋은 평가를 받는 건 아니라는 점도 비슷하다. 아무리 정성스레 잘 만든 음식도 어떤 사람의 입맛엔 형편없게 느껴질 수 있다. 그런 억울함도 감수해야 한다. 주방에서는 제조업자이자 창작자인데 주방 밖에서 손님을 대할 땐 서비스업자로 바뀌어야 한다. 여기서 생기는 말로 형용할 수 없는 갈등들을 참아내야 한다. 스트레스도 스트레스지만 맨 마지막에 느껴지는 건 고독이다. 그래서 식당을 차린 후 가끔 이런 생각을 했다. 가이드로 일할 때도 그랬고 오페라 무대에 설 때도 그랬는데 요리사도 참 비슷한 데가 있구나! 왜 난 또 다시 이런 일에 뛰어들었을까? 왜 난 지금의 삶을 살고 있을까?

여러 가지 대답이 있겠지만 '난 아직도 하고 싶은 게 너무 많아서'인 것 같다. 식당을 오픈하면서 내 삶의 가치관이 크게 변화한 부분이 있다. 그 전까지는 나도 여느 예술가나 성악가처럼 '예술을 위한 삶life for art'을 살아야 한다고 생각했다. '예술을 위해' 인생의 많은 부분을 포기하려 했다. 삶의 중심이 예술이고 노래였다. 그런데 식당을 열고 요리사가 된 후로는 지금까지 내 삶이 어떻게 흘러왔는지가 더 크게 보였다. 오래전부터 학교 밖에서도 노래를 배웠고, 학교 아닌 곳에서 훌륭한 스승들을 만났고, 요리학교가 아닌 곳에서 요리를 배웠다. 삶의 현장에서 배우고 터득하는 게 재미있었고, 제도권 안보다 제도권 밖에서 더 많은 걸 얻었다. 오페라 무대든 주방이든 이 순간 내가 즐겁게 노래하고 신나게 요리하는 곳이 최고의 무대였다.

'예술을 위한 삶'은 포기해야 할 게 너무 많고 할 수 없는 게 너무 많아 보였다. 그 길은 내겐 다소 버겁게 느껴졌다. 그러나 '삶을 위한 예술art for life'은 이제까지 쭉 이어져왔던 내 삶의 정체성이었다. 그걸 깨닫고 나니 오늘 하루가 더 행복했다. 위대한 대가들의 삶에 존경심을 갖지만, 내가 다른 성악가와 조금 다르게 산다고 해서 그들을 부러워하진 않는다. 어떻게 보면 내 일상의 모든 순간, 모든 장소가 나의 무대였으니, 예술이 녹아 있는 삶을 난 이미 충실하게 살고 있었던 것 같다.

저 하늘에서 노래하고 있을 벗에게

: 바리톤 박영길과 먹었던
이탈리아식 돼지고기 보쌈

몸이 먼저 느낀 슬픈 소식

그날은 이상하게도 종일 마음이 불안하고 신경이 날카로웠다. 오후 브레이크타임이 끝나고 저녁타임 영업을 준비하며 주방에서 양고기를 다듬는데 결국 사고를 쳤다. 냉동된 고기는 바로 손질하면 안 되고 80퍼센트 정도 해동시킨 다음 칼을 넣어 해체해야 한다. 그런데 그날따라 다 녹지도 않은 고기에 무리하게 칼을 집어넣었다. 고기를 한두 번 다뤄본 것도 아닌데 왜 그랬는지 지금도 이해가 안 된다. 아차 하는 순간 칼이 어긋나면서 손을 벴다. 수건으로 둘둘 싸매고 응급실로 달려갔는데 수건이 핏물에 푹 젖을 정도로 피를 많이 흘렸다. 의사가 나보다 더 놀라면서, 피를 많이 흘렸으니

혹시 어지러우면 수혈을 받으라고 했다. 수혈은 받지 않았지만 손은 여덟 바늘이나 꿰맸다.

그날 밤 집에 돌아와 컴퓨터를 켜고 페이스북에 접속할 때도 기분은 여전히 이상했다. 화면을 본 순간 왜 그렇게 종일 불안했는지 알 것 같았다. 영길 형의 부고 소식. 심장이 쿵 내려앉았다. 일주일 후 우리 가게에 와서 식사를 하기로 예약까지 해놓은 사람이었다.

"준한이 파스타 얼마나 잘 만드는지 내가 한번 먹어봐야지!"

불과 며칠 전까지 활짝 웃으며 얘기하던 형이 이 세상에 없다고 했다. 형이 숨을 거두던 시각은 내가 병원에서 손을 꿰매던 무렵이었다. 바리톤 박영길1971~2015은 암 투병 끝에 짧은 생을 그렇게 마감했다.

그는 나보다 불과 한 살 위였지만 이탈리아에서 사는 내내 늘 동생 보살피듯이 우리 부부를 보살펴주었다. 가이드 일도 같이 했고 콩쿠르도 여러 번 같이 나갔다. 광원이 형 내외와 우리 부부, 그리고 영길이 형은 자주 모여 음식을 해먹으며 정을 나누고 회포를 풀었다.

그는 각종 콩쿠르에서 수많은 상을 받은 실력파 성악가였지만 한국에 돌아와 소위 성공하거나 유명해진 건 아니었다. 사실은 수많은 성악가들이 그와 같은 길을 걷는다. 한국사회에서 성공하려면 실력만이 전부가 아닌 경우가 많다. 성악도 크게 다르지 않다. 학벌, 라인, 정치력, 사회생활……그런 것들이 무척 중요하다. 그런 걸 잘 못하는 사람들은 주류에서 떨궈지기도 한다. 사실 예술가들 중에는 실력도 뛰어나면서 사회생활까지 능숙한 사람이 의외로 많지 않다. 성격상 타협 싫어하고 고집 센 사람들이 많다. 그러면 실력이 있어도 빛을 못 보기도 하고, 주목 받기를 아예 거부하기도 한다. 나도 사회생활이란 걸 참 못하는 사람인데, 영길이 형 또한 그런 면에서 상처를 많이 받았을 거라 생각한다.

그는 그러던 중 젊은 나이에 암 발병 사실을 알았다. 심장 옆에 커다란 암 덩어리가 이미 커져 있어 수술도 소용없었다고 한다. 그 사실을 주변 사람에게 알리지도 않았다. 나를 비롯한 지인들도 그의 투병 사실을 막바지에야 알았다. 나는 지금도 그가 더 이상 이 세상에서 노래 부르지 않는다는 게 믿기지 않는다.

지중해 스타일의 한국식 보쌈

영길이 형은 힘 있는 목소리만큼이나 체격도 좋고 기골이 장대한 성악가였다. 늘 건강하고 쾌활하고 밝았으며 고기와 술을 좋아했다. 그가 해줬던 매콤한 닭갈비 맛은 지금도 잊을 수 없다. 특이하게도 양배추 한 가지만 넣은 엄청 간단한 닭갈비였다. 고구마, 당근도 넣어야 하는 것 아니냐고 따지자 형이 자신만만하게 소리쳤다.

"양배추 하나면 돼! 날 믿어봐."

양배추만 넣고 자기만의 비법 양념이라며 고추장 양념에 비벼서 두어

시간 숙성시킨 후 프라이팬에 조리해줬는데 신기하게도 너무나 맛있어서 모두가 깜짝 놀랐다. 양배추만으로 그 안에 단 맛이 충분히 배고 닭고기의 식감이 살아 있는 기막힌 닭갈비였다.

나에게 많은 것을 베풀어준 형에게 아무것도 보답해준 것이 없다는 생각을 하면 지금도 마음이 아프다. 해준 거라곤 우리 집에 온 그를 위해 만든 돼지고기 보쌈뿐이었다. 내가 관광가이드로 일할 때 아내는 아내대로 틈틈이 미용사 일을 해서 돈을 벌었는데, 하루는 영길이 형이 아내에게 머리를 자르러 왔다.

그날 형에게 대접하려고 돼지고기를 사다가 아침부터 푹 삶았다. 화이트와인을 부어 잡내를 없애고, 포크로 누르면 살이 야들야들 뭉개질 정도로 기름기 쪽 빼고 삶은 다음, 중국인이 심어 파는 배추를 사다가 겉절이를 무치고 마늘과 루콜라를 곁들였다. 생 루콜라는 무청과 비슷한 맛이 나서 돼지고기와 잘 어울린다. 이걸 와인과 함께 먹으면 분명 우리나라 보쌈인데 지중해식 건강요리 느낌이 난다. 참고로 보쌈이나 삼겹살을 먹을 때 발사믹 식초에 찍어먹으면 그 맛이 색다르다.

나중에 요리 멘토 김후남 셰프님에게 배운 팁에 의하면, 그날 곁들여 먹는 와인을 발사믹 식초에 조금 부어 거기다 고기를 찍어 먹으면 마리아주가 기가 막힌다. 회를 먹을 때도 초고추장에 그때 먹는 와인을 조금 타서 찍어 먹으면 무척 잘 어울린다.

영길이 형이 살아 있다면 고기 좋아하는 그를 위해 건강한 지중해식 보쌈을 다시 한 번 해주었을 텐데, 이제는 그와 함께 음식을 나눠먹었던 행복했던 추억으로만 그를 기린다.

행복한 성악가로 사는 법

그를 허망하게 보내고 나서 성악가의 삶에 대해 많은 생각을 했다. 성악가로 성공한다는 건 무엇일까? 무엇이 행복한 성악가의 삶일까? 사람들이 흔히 생각하는 것처럼 유명세를 얻거나 큰 무대에 오르는 것이 전부일까?

나는 한국에 돌아와 한 5년간 큰 오페라 무대에 섰다. '예술의 전당'에 오는 점잖은 관객 앞에서 노래했다. 성악가로서 정말 소중하고 좋았던 세월이다. 그때 내게 주어졌던 역할들은 어떻게 보면 나의 오페라 가수 인생 중 가장 큰 역할이자 빛나는 경험이었을 것이다. 심지어 세계적인 베이스 연광철과 더블캐스팅이 됐던 적도 있었다. 2013년에는 동양인 최초로 독일 바이로이트에 입성한 세계적인 베이스이자, 바이올리니스트 클라라 주미 강의 아버지인 강병운필립 강과 한 무대에 서기도 했다. 당시 그가 주역을 맡은 국립오페라단의 〈돈 카를로〉는 전회 매진일 정도로 폭발적인 인기이자 장안의 화제였다. 나는 비중이 큰 배역은 아니었지만 그분과 같은 무대에 선다는 것만으로 영광스러웠다.

그 후 이런저런 이유로 그 세계를 떠났고, 이제는 그때 같은 큰 무대가

아닌 다양한 형태의 무대에서 노래하고 있다. 그런데도 나는 여전히, 아니, 전보다 더 심장이 두근거린다. 전준한의 노래를 즐기는 청중들을 위해 노래한다는 게 그 자체로 얼마나 즐거운지 모른다. 무대에 대한 부담도 전보다 줄었다. 예전에는 '난 예술가다'라는 틀을 만들고 거기 갇혀 살았다. 무대를 위해 모든 걸 바쳐야 한다는 생각에 스스로를 괴롭히는 걸로도 모자라서 가족도 힘들게 했다. 그런데 그 틀을 한 번 뛰어넘고 나니 예전의 강박관념이 바보같이 느껴진다. 마음의 구속과 틀에서 벗어나고 나니, 예전보다 노래가 더 좋아졌다는 얘기도 요즘 들어 자주 듣는다.

〈인간극장〉 방송이 나간 후 식당에서 한 달에 한 번씩 '밥집 콘서트'라는 이름의 작은 콘서트를 열고 있다. 가까운 사람들 혹은 입소문으로 찾아온 사람들 앞에서 노래도 부르고 손수 만든 음식도 함께 즐긴다. 많지 않은 수익금은 의미 있는 일에 기부한다. 한번은 60대쯤 되는 일본인 여성 세 분이 어떻게 알고 밥집 콘서트를 찾아왔다. 원래 한국 드라마와 방송 보는 걸 좋아하는데 우연히 〈인간극장〉을 보고는 내 노래를 듣고 싶어서 비행기 타고 왔다는 것이다. 그날 〈명태〉를 불렀다. 내 노래를 듣고 싶어 하는 사람들 앞에서 노래 부를 수 있으니 이보다 더 기쁠 수 있을까? 하루하루 경험하는 새로운 일들과 새로운 청중들 덕분에 예전보다 더 흥미진진한 인생을 살고 있는 느낌이다.

나는 세상 모든 사람들이 클래식을 들어야 한다고는 생각하지 않는다. 대한민국 5천만 명이 다 사랑할 수 있는 음악이란 이 세상에 존재하지 않는다. 그 대신 클래식이 얼마나 아름답고 재미있는지 알 수 있는 창은 활짝 열어두어야 한다고 생각한다. 그게 제작자의 역할이자 공연 만드는 사람들이 가져야 할 마인드이다. 5천만 명 중 클래식 인구가 많아야 2만 명일 텐데, 그 담장 안에서만 뭘 하려고 하지 말고 담을 뛰어넘자는 것이다. 사람들이 클래식은 어려워서 안 듣는다? 천만의 말씀이다. 클래식은 이미 오래전부터 우리 일상 속에, 보통 사람의 평범한 감수성 안에 존재한다.

최근 큰 인기를 끌고 두 번째 시즌까지 마친 크로스오버 보컬 오디션 프로그램 〈팬텀싱어〉를 나 역시 재미있게 보았다. 심사위원 중 한 사람인 베이스 손혜수가 우리 가게에 와서 식사를 하고 간 적이 있다. 그에게 이런 얘길 했다.

"성악가들이 이렇게 대접받은 시절이 언제였나 몰라!"

각 분야의 노래 잘하는 젊은 친구들, 그중에서도 국내외에서 활약하는 정상급 혹은 라이징 스타급 성악가들이 대거 출연해 인기를 끌자 성악 자체에 대한 사람들의 관심도 새삼 많아졌다. 가수는 아이돌만 있는 줄 알던 아이들이 '나도 성악가가 되고 싶어요'라고 말하는 계기가 됐다. 대중들이 성악을 친근하게 느끼는 기회가 된 것 같아 기분이 좋았다.

예전엔 성악가가 부르는 가곡을 온 국민이 따라 부르던 시절도 있었는데 언제부턴가 성악과 클래식은 우리나라 사람들에게서 까마득하게 멀어졌다. 덩달아 성악가라는 존재감도 희미해졌다. 개인적으로 그런 분위기가 참 안타까웠다.

흔히 말하는 '클래식의 대중화'라는 게 뭘까? 그동안 다양한 무대에서 청중들을 가까이 만나면서, 이 슬로건을 잘못 이해하고 잘못 활용하는 제작자나 관료들이 많은 것 같아 답답할 때가 있었다. 클래식의 대중화가 성공하려면 평범한 청중들이 정말 즐길 만한 무대를 만들어야 한다. 청중이 무얼 좋아할지 상관 않은 채 제작자들끼리만 자화자찬하는 공연, 그럴 듯한 타이틀에 품위만 앞세우는 공연에 아무리 돈을 투자해봤자 관객들이 즐기지 않는다면 그게 정말 좋은 공연일까? 한번쯤 생각해볼 일이다.

이제는 저 하늘에서 자유롭게 노래하고 있을 성악가 박영길을 그리워하며, 그리고 그가 해줬던 양배추 닭갈비와 그에게 해줬던 지중해식 보쌈을 떠올리며, 그를 추모하는 진정한 길은 오늘 하루도 성악가로서 정말 최선을 다해 행복하게 사는 일이라는 생각을 했다. 몇 명이 됐든 내 노래를 듣고 싶어 하는 청중을 만난다는 건 성악가가 누릴 수 있는 최고의 행운이다. 음식으로, 그리고 음악으로 누군가를 즐겁게 해줄 수 있다면 그에 대한 대가를 어떻게 돈으로 환산할 수 있을까?

주방에서 열심히 요리한 음식을 맛있게 먹어주는 손님들과 정서적으로 교감하는 행복, 마음을 다해 부르는 내 노래에 귀 기울이는 청중들과 음악으로 교감하는 행복에 오늘도 감사한다.

요리하는 성악가

Part03

요리하는
성악가의 인생 식탁

늘 부엌에 있는 내 아내에게

: 푸치니의 〈라 보엠〉과
바삭한 아란치니

성악가의 아내 & 요리사의 아내

"여보, 내가 알아서 할 테니까 가 있어."

홀에서 손님에게 주문을 받던 나에게 아내가 눈짓을 하며 말한다. 지금 남편이 어떤 상태인지 이미 파악해버린 거다. 난 아내가 시키는 대로 순순히 주방으로 들어가 요리에만 집중한다. 아니면 가게를 아내에게 맡기고 평소보다 일찍 귀가한다. 내가 연주를 하루 앞둔 날, 또는 연주를 하고 돌아온 다음 날 쯤의 우리 가게 풍경이다.

'성악가'와 '요리사'라는 두 가지 타이틀을 단 지도 꽤 됐지만 아무래도 연주가 있을 때는 요리사보다는 성악가로서의 나 자신에게 집중하게 된다. 연주라는 게 그렇다. 성악가라는 사람들은 연미복 입고 무대에 올라가기만 하면 바로 멋들어진 노래를 뽑아낼 것 같지만, 천만에! 사실은 그렇지 않다. 공연 날짜가 일주일 후라면 그 사람은 이미 일주일 전부터 그 무대에 가 있는 거나 마찬가지다. 머릿속에 온통 연주밖에 없다.

연주를 잘 마치고 관객의 환호와 박수를 받는 순간에는 극치의 행복감을 느낀다. 하지만 무대 조명이 꺼지고 현실로 돌아오는 그 길은 얼마나 고통스러운지 모른다. 홀로 차를 몰고 돌아와 주방에서 불 앞에 서고 손님들에게 웃는 얼굴로 인사를 하면서도 내 정신은 화려한 조명의 무대에서 아직 내려오질 못한 상태이다. 누군가 말만 잘못 걸어도 짜증이 확 올라온다. 연주 전후로 한 3일은 이처럼 신경이 예민해져 있다. 집에서도 아내가 아들한테 "쉿! 아빠 내일 공연이야." 하면 두 사람은 나를 혼자 있게 내버려두고 말도 안 건다.

이런 내 상태를 꿰뚫어보는 유일한 사람이 바로 아내다. 내가 예민한지 어떤지, 정신이 딴 데 가 있는지 돌아왔는지 눈치를 딱 채고 바로 조치를 취한다. 홀에서 끌어내든지 집으로 보내버리든지. 그런 아내가 아니었으면 벌써 무슨 사고를 쳤을지 모른다.

아내는 나와 결혼하고 나서 늘 그렇게 살았다. 가난한 유학생의 아내로, 예민한 성악가의 아내로 고생이란 고생은 다 했다. 그리고 이젠 '요리하는 성악가'의 아내로 늘 주방을 지키며 산다. 내가 공연이나 외부 일정 때문에 외출할 때면 나보다 더 나은 요리솜씨로 주방과 홀을 지휘한다. 우리 가게는 일주일에 한 번, 월요일이 휴무일이지만 아내에겐 휴무일도 없다. 그날은 밀린 집안일과 아들 뒤치다꺼리를 하며 우리 집 주방을 지키기 때문이다.

아내가 차려준 아침 밥상

이탈리아에 간 지 얼마 안 됐을 때, 동료 유학생들과 여럿이 모인 자리에서 한번은 누군가가 이런 말을 했다.

"어휴, 그 좋은 학교를 왜 그만 두셨어요? 여기까지 와서 학교도 안 나오면 어쩌려고요!"

유학 와서 관광가이드 일을 하고 있는 내 처지가 안타까워 한 말이었겠지만, 그땐 그런 말 한마디도 다 속상했다. '누군 이러고 싶었겠냐고! 남의 속도 모르고……' 씁쓸해하고 있는데 문득 아내가 안 보였다. 아내를 찾으러 나갔다가 발걸음을 멈추고 말았다. 사람들 없는 구석에서 아내는 혼자 눈물을 흘리고 있었던 것이다.

17년을 부부로 살면서 나는 아내의 눈물을 참 많이 보았다. 나 때문에 맘 아파서, 고된 타향살이가 힘들어서 아내는 많이 울었다. 그런 아내한테 늘 너무 미안하면서도 차마 한 번도 제대로 물어보질 못했다. 당신이 정말 좋아하는 삶을 살았느냐고.

우리가 처음 만났을 때 나는 늦깎이 대학생이었고 아내는 잘 나가는 예술가이자 사업가였다. 미대에서 조소를 전공한 아내는 분위기 좋은 바와 카페를 운영하는 어엿한 사장님이었고 인테리어 회사를 운영한 적도 있었다. 아내의 가게에 가면 자신이 직접 만든 멋진 작품들이 전시돼 있었다. 친한 형을 만나러 갔다가 우연히 아내를 만났는데 동갑인 우리는 금세 친구가 되었다. 한동안은 요즘 말로 '썸'을 탔다. 그러다 아내 옆에 다른 '남자 사람' 친구가 있는 모습을 본 어느 날 기분이 너무 이상했다. 그제야 질투심에 내 속이 타고 있다는 걸 깨달았고, 우린 더 이상 친구가 아니게 됐다. 그 다음부턴 양가 상견례부터 결혼까지 일사천리로 이어졌다. 아내 가게에서 양복 빼입고 장미꽃 들고 무릎 꿇고 프러포즈도 했다. 대학 4학년이던 스물아홉에 식을 올리고 다음 해 봄 이탈리아로 떠나기까지, 유학을 갈까 말까 망설이던 내게 용기를 준 사람도 사실은 아내였다.

유학생활 초반은 순탄하지 않았다. 가이드 일이 전업도 아닌 데다 성수기와 비수기에 따라 수입이 왔다 갔다 했다. 운 좋을 땐 며칠 일하고 꽤 큰 돈을 벌지만 그렇지 못한 날도 많았다. 돈 벌면 레슨 받으러 가거나 콩쿠르 나가고, 돈 떨어지면 다시 가이드 나가는 날이 반복되었다. 어쩌다 진상 관광객이라도 만나는 날엔 다 때려치우고 싶을 정도로 정신적으로 힘들었다. 새벽에 일어나 온종일 돌아다니며 계속 말을 해야 하기 때문에 체력도 정말 중요했다. 그 힘을 준 게 바로 아내가 차려준 아침이다. 먼 곳으로 출장 가느라 새벽 3시에 일어난 날에도 나는 아내가 차려준 따뜻한 아침을 든든하게 먹고 길을 나섰다. 윤기 나는 쌀밥에 불고기며 된장찌개며 하루도 아침을 안 차려준 날이 없었다. 그만큼 고맙지만, 그만큼 내가 아내를 고생시켰다는 뜻이다.

내가 가이드로 일할 때 아내도 틈틈이 미용사 아르바이트로 돈을 벌었지만 몸만큼 마음도 힘들어했다. 실력이 없는 것도 아니면서 학교 안 다니고 일하느라 뛰어다니는 남편이 안타까워서도 그랬고, 남들이 쉽게 이해 못할 독특한 내 성격 때문에도 그랬다.

사람들은 내가 산타 체칠리아 학교를 스스로 그만둔 것도 놀라워했지만, 짬 날 때 레슨 받은 게 전부면서 콩쿠르만 나갔다 하면 번번이 상을 받아오는 것도 신기해했다. 나한테는 남들한테 쉽게 설명할 수 없는 집중력 같은 게 있었다. 정말 절실할 땐 나 자신도 놀랄 정도의 집중력과 실력을 발휘한다. 문제는 그 다음이다. '아, 내가 1등이군. 실력 확인됐군' 하고는 다 놔버리는 거다. 비유하자면 누군가가 '너는 왜 영어가 그거밖에 안 돼?' 하면 자존심이 확 상해서 '그래? 내가 기필코 영어 1등 하고 만다' 하고는 정말 노력해서 1등을 해버리는 거다. 그리고 '나 1등 맞지?' 하고 증명한 다음엔 공부고 뭐고 신경을 안 쓴다. 어떻게 보면 어마어마한 자신감이고, 어떻게 보면 어마어마한 나태함이다.

새벽에 일어나 온종일 돌아다니며
계속 말을 해야 하기 때문에 체력도 정말 중요했다.

그 힘을 준 게 바로 아내가 차려준 아침이다.

...

먼 곳으로 출장 가느라 새벽 3시에 일어난 날에도
나는 아내가 차려준 따뜻한 아침을 든든하게 먹고 길을 나섰다

윤기 나는 쌀밥에 불고기며 된장찌개며
하루도 아침을 안 차려준 날이 없었다.
그만큼 고맙지만,

그만큼 내가 아내를 고생시켰다는 뜻이다.

아내는 행복했을까

이런 자신감과 집중력, 그리고 나태함이 뒤섞인 채 제멋대로 사는 남자의 뒷바라지를 한다는 게 어떤 것이었을지 나조차도 상상이 안 된다. 그래서 '내가 참 이기적인 사람이구나'라는 생각을 자주 한다. 생각해보면 지금도 난 내가 좋아하는 일만 하며 산다. 노래도, 요리도, 다 내가 하고 싶어서 하는 것들이고, 남들이 뭐라 하건 내가 하고 싶은 방식대로 한다. 하지만 아내 입장에서 봤을 때 나는 아내 의견도 안 물어본 채 자기 하고 싶은 것만 하고 사는 사람일 수 있다. 아내도 하고 싶은 일이 있었을 것이고 꿈도 있었을 텐데 한 번도 그걸 드러낸 적이 없었다. 그냥 다 나한테 맞춰주며 살았다.

최근 텔레비전에서 본 어떤 심리학자의 강연이 인상 깊었다. 사람이 뭔가를 하는 데에는 접근동기와 회피동기가 있다는 내용이었다. 접근동기는 내가 좋아하는 걸 하는 거지만, 회피동기는 하기 싫어하는 것을 피하는 동기이다. 우리나라 사람들은 대부분 접근동기가 아니라 회피동기로 산다고 한다. 진짜 좋아하는 걸 하는 게 아니라, 싫은 걸 피하기 위해 한다는 거다. 아이들도 공부를 좋아서 하는 게 아니라 시험 때문에, 어른들에게 혼나지 않으려고 한다.

그 이야기를 들으면서 아내의 삶에 대해 생각했다. 난 비교적 내가 하고 싶은 걸 하며 살아왔다. 그런데 아내는? 남편이 성악가로 인정받고 텔레비

전에도 나오는 게 좋을 수는 있겠지만 아내가 정말 원하는 인생은 무엇이었을까? 예술가의 뒷바라지를 하며 사는 것, 식당을 차린 남편과 온종일 주방에서 사는 게 정말 아내가 좋아하는 인생일까? 다른 부부들은 어떨까? 배우자가 정말 원하는 삶이 무엇인지 생각하며 살까? 어쩌면 많은 부부들이 그렇게 살고 있는지도 모른다. 나랑 같이 사는 사람이 진짜로 좋아하는 게 뭔지 생각도 안 해본 채로 말이다.

2001년부터 2010년까지 이탈리아에서 사는 동안 힘든 일이 많았어도 난 이탈리아라는 나라가 참 좋았다. 열정이 확 끓어올라 때론 미친놈처럼 되는 기질, 음악, 음식, 기후, 마인드, 모든 것들이 나와 비슷하고 잘 맞았다. 하지만 아내는 좀 달랐다. 처음엔 석회질 물이 잘 안 맞았는지 몸도 붓고 여기저기 아파했다. 이상하게도 나는 물도 음식도 금방 적응했는데 말이다. 성악가의 아내이지만 사실 오페라를 그렇게 좋아하는 것도 아니다. 아내는 내가 출연하는 오페라 공연은 전부 다 봤지만 그 외에 따로 오페라를 본 적은 없다. 오페라 하는 남편을 사랑했을 뿐 오페라를 사랑한 건 아니었던 거다.

우리 이야기, 오페라 〈라 보엠〉

귀국한 후 나의 첫 데뷔 무대는 푸치니의 〈라 보엠〉이었다. 물론 아내도 내 공연을 보러 왔다. 그때 내가 맡은 역할은 남주인공의 친구들 중 하나인 철학자 '콜리네' 역이었다. 객석에 앉아 무대 위의 나를 지켜볼 아내를 생각하니 지난 10년간의 이탈리아 생활이 주마등처럼 스치고 지나갔다.

이 작품은 파리에 사는 가난한 예술가들의 이야기이다. 시를 사랑하고 철학을 이야기하지만 찢어지게 가난한 젊은 보헤미안들. 그럼에도 예술을 사랑하고, 긍지를 잃지 않으려고 하고, 그 속에서 사랑을 싹틔운다. 여주인공 '미미'가 병에 걸려 죽는 비극으로 끝나긴 하지만 1막부터 4막까지 이어지는 이야기는 안타깝고도 아름답다. 춥고, 배고프고, 집세는 밀려 주인에게 독촉을 당하고, 그런데도 노래를 하고 시를 쓰고 낭만을 즐기는 젊은이들. 그건 바로 나와 아내의 모습이었다. 꿈을 이루기 위해 먼 나라로 떠난 유학생들과 가난한 예술가 부부들의 삶이 바로 〈라 보엠〉 그 자체였다.

내가 연기했던 '콜리네'가 부르는 '외투의 노래Vecchia zimarra'라는 유명한 아리아가 있다. 4막에서 죽어가는 미미의 약값을 마련하기 위해 친구 콜리네가 자기가 입고 있던 외투를 팔러 가며 부르는 노래다. 19세기 사람들에게 외투의 의미는 요즘 사람들이 생각하는 것과는 달랐다. 천도 지금처럼 부드러운 모직 천이 아니라 부직포처럼 딱딱하고 거친 데다 무게도 엄청 무거웠다. 가난한 시인이나 철학자는 그런 외투 한 벌을 평생 입었다. 그렇기 때문에 친구의 연인을 위해 외투를 팔러 간다는 건 보통 일이 아니었던 것이다.

오페라 공연에 쓰이는 무대의상들은 철저한 고증을 거쳐 최대한 그 시대를 재현하도록 제작된다. 뿐만 아니라 극중 인물의 캐릭터를 상징적으로 표현하는 역할도 한다. 19세기는 그 사람의 직업과 신분을 옷만으로도 알 수 있던 시대였다. 요즘에는 기업 회장님도 청바지를 입을 수 있지만, 옛날 에는 시인의 옷과 판사의 옷이 다 달랐다. 〈라 보엠〉의 등장인물들의 옷차 림은 곧 그 사람의 캐릭터이자 신분이다. 한 가지 재미있는 게, 오페라 의 상 담당자들은 '남성의 패션은 19세기에 끝났다'는 말을 종종 한다. 19세 기 옷들은 코트의 깃과 단추, 입었을 때의 자태까지 모든 면에서 남성의 아 름다움을 정말 잘 표현한다. 실제로 내가 무대의상으로 입었던 외투도 입 으면 정말 근사하고 폼 났다. 사실은 몹시 무겁고 불편했지만.

콜리네처럼 외투를 팔 정도는 아니었지만 우리 부부에게도 춥고 배고픈 날들이 있었다. 심지어 정말 먹을 게 똑 떨어진 날도 있다. 집에 있는 거라곤 시들어가는 양파 하나와 토마토소스 캔, 그리고 500그램짜리 스파게티 면 한 봉지가 다였다. 며칠 후에 집세도 내야 하는데 가진 거라곤 꼬깃꼬깃한 몇 십 유로뿐이니 기가 막힌 노릇이었다. 그래도 밥은 먹어야 하는데 그 돈 가지고 장을 제대로 볼 수도 없었다. 하는 수 없이 양파 으깨고 면 삶아서 토마토소스 캔 넣고 비벼 먹었다. '눈물 젖은 빵'이라는 말처럼 정말 눈물겨 운 토마토 스파게티였다. 얼마 후 일을 해서 돈이 좀 들어오자 우린 시장 정 육점에 가서 스테이크 고기 2인분을 떼어왔다. 한 2유로쯤 하는 값싼 와인 도 한 병 샀다. 마침 크리스마스 시즌이라 로마의 거리 풍경은 반짝반짝 아 름답고, 우리에겐 고기와 와인이 있고…… 춥고 허름한 원룸에서 고기 굽고 와인으로 기분 냈던 행복했던 밤. 그런 낭만을 겪었기에 오페라 〈라 보엠〉은 딱 우리 부부 이야기처럼 가슴에 와닿는 작품이다.

아내의 이탈리아 소울푸드, 시칠리아의 아란치니

이탈리아 음식에 미쳐 기어이 이탈리아 식당까지 차린 나와 달리, 아내는 이탈리아 음식도 나만큼 미치도록 좋아하는 건 아니다. 한국에 돌아와서도 나는 종종 이탈리아 어디서 먹었던 그 음식이 너무너무 그리워서 당장 비행기 타고 싶은 걸 겨우 참은 적이 한두 번이 아니다. 그에 비해 아내는 그곳 음식을 나만큼 그리워하진 않았다. 식성도 나와 달리 면보다는 밥, 고기보다는 해산물을 좋아한다. 그러면서도 내가 뭔가를 먹자고 했을 때 싫은 내색을 한 적이 없다. 음식조차도 나는 접근동기였지만 아내는 회피동기로 접했던 것인지 모르겠다. 그만큼 아내가 나한테 많이 맞춰줬던 것이다.

그런 아내가 유일하게 '먹고 싶다'고 말한 음식은 '아란치니'이다. 아란치니는 '고로케(크로켓)'와 비슷하게 생긴 튀긴 음식인데 속에 쌀이 들어간다는 점이 좀 다르다. 리소토 만들 때처럼 설익힌 쌀에다 토마토, 고기, 모차렐라 치즈, 프레체몰로, 바질 등을 넣고 소금, 후추로 간하여 반죽을 한 후 빵가루를 입혀 기름에 튀겨낸다. 아란치니arancini라는 이름은 아란차

arancia, 즉 오렌지라는 말에서 유래됐다. 동그란 모양과 주황색깔이 꼭 오렌지를 닮았다. 아란치니를 만들 때 오렌지 껍질을 갈아 넣고 튀기기도 하는데, 그러면 씹을 때 은은한 오렌지 향이 입 안에 퍼진다.

내가 아란치니를 처음 먹어본 건 2004년 벨리니 콩쿠르에 나가느라 이탈리아 남부에 있는 시칠리아 섬에 갔을 때였다. 오페라 〈노르마〉를 작곡한 벨리니가 바로 시칠리아 태생이다. 당시 콩쿠르에서 나는 피날리스타결승까지만 올라가고 1등은 하지 못했지만 그 대신 시칠리아의 음식들을 체험할 수 있어서 기억에 오래 남는다. 섬에 도착하고 나서 버스도 기다릴 겸, 근처 바bar에 들어가 카페라테와 아란치니를 하나 시켰다. 둥근 고로케 같은 게 나와 반으로 갈라봤더니 안에 쌀과 토마토, 고기, 채소가 들어 있었다. 한 입 베어 무니 튀김의 바삭함과 쌀알의 살아 있는 식감이 기가 막혔다.

시칠리아의 아란치니가 오렌지와 연관이 있는 데에는 다 이유가 있다. 왜냐하면 시칠리아 하면 오렌지가 매우 유명하기 때문이다. 마스카니의 오페라 〈카발레리아 루스티카나〉는 시칠리아를 배경으로 한 1막짜리 작품으로 특히 간주곡intermezzo이 유명하다. 바로 '오렌지 향기는 바람에 날리고 Gli aranci olezzano'라는 합창곡이다. 이 곡을 듣고 있노라면 왠지 시칠리아 섬의 오렌지 꽃냄새가 나는 것만 같이 저절로 눈을 감게 된다. 나는 시칠리아에 갔을 때 제일 먼저 아무나 붙잡고 오렌지나무가 어디 있느냐고 물어봤다. 그 사람이 일러준 곳으로 가니 정말 오렌지나무를 잔뜩 심은 과수원이

있었다. 때는 눈부신 5월. 마침 지중해 바닷바람이 사악~ 불어오는데 순간
'아, 이게 바로 오렌지 꽃냄새구나!'를 알 수 있었다. 같은 바다도 아드리아
해는 짠내가 나지만 지중해는 짠내조차 나지 않는다. 머리 위에선 초여름
의 태양이 지글지글하고 청량한 바닷바람에 오렌지 꽃향기가 섞여 시원하
게 불어오고…… 이게 바로 망중한이고 이 순간이 바로 천국이구나!

아란치니에 대한 나의 추억이 이처럼 시칠리아의 태양과 오렌지 꽃향기
라면 아내의 추억은 좀 다르다. 아내가 아란치니를 처음 먹어본 건 로마에
서였다. 아들이 태어나고 나서 아직 아이를 유모차에 태우고 다녔을 때다.
내가 일 나가고 나면 아내는 아이를 데리고 시내에 장 보러 나갔다가 점심
을 간단히 때우고 왔다. 그때 종종 조각피자와 아란치니를 하나 사서 아들
과 나눠먹었다고 한다. 로마 길거리에서 어린 아들과 나눠먹었던 음식. 먼
나라에서 홀로 육아에 지친 나날 중의 망중한. 아내에겐 그게 아란치니였
던 것이다.

그 후 아들이 세 살쯤 됐을 때 세 식구가 다 함께 시칠리아 섬에 여행을
간 적이 있다. 다니던 로마의 한 교회에서 여름성경학교 비슷한 프로그램
으로 간 거였다. 나는 그 전에도 일하러, 혹은 콩쿠르 때문에 시칠리아에
몇 번 갔지만 아내와 아들은 그때가 처음이었다. 태어나서 처음 수영복
을 입은 아들한테 수영을 가르친답시고 물에 빠트렸다가 아내한테 엄청 혼
났다. 아내의 화가 겨우 풀릴 때쯤 시칠리아 오리지널 아란치니를 사서
아들과 아내에게 맛보게 해주었다. "여보, 정말 맛있다!"라며 맛있게 아란

치니를 먹던 아내의 표정, 그리고 세 식구의 행복한 시간. 아란치니에 대한 소중한 추억이 하나 더 생기던 순간이었다.

마음을 알아준다는 것

지금도 가끔 아내는 시칠리아의 아란치니가 그립다고 한다. 비슷한 튀김 음식인 고로케는 기름이 많아서 싫다는 사람이 아란치니만은 좋다 하니 희한한 일이다. 아이러니하게도 나는 아내만큼 아란치니를 좋아하진 않는다. 만들려면 손이 많이 가서 귀찮다는 이유로 아내를 위해 만들어주지도 못했고 우리 가게 메뉴에도 안 넣었다.

항상 나에게 모든 걸 맞춰주며 사는 아내를 위해 일주일에 하루 한 끼만큼은 내가 아내에게 맞춰주고 싶었다. 가게 휴무일인 화요일 점심에 아내가 먹고 싶다는 메뉴로 외식이라도 가끔 하는 것이다. 우리 부부는 이제껏 기념일 한 번을 제대로 챙기지 못하고 살았다. 둘 다 생일이 9월이고 결혼기념일은 11월인데, 매년 이 시기가 항상 바빠서 흐지부지 넘어갔다. 기념일은 못 챙긴 대신 둘만의 화요일 데이트를 되도록 자주 해야겠다고 다짐한다. 매번은 못 지키더라도 애는 쓰자고 말이다.

식당을 차린 후 부부가 한 공간에서 하루 종일 붙어서 일하다 보니 싸우기도 많이 싸웠다. 부딪히는 게 한두 가지가 아니었다. 부부싸움을 할 때는

정말 사소한 걸 가지고도 싸우게 되는데, 결국 서로 하고 싶은 말은 이런 것들이다. 왜 내 마음을 몰라주느냐고. 왜 인정을 안 해주냐고. 그래서 아내는 서럽기도 많이 서러웠을 것이다. 여자는 남자가 마음을 몰라줄 때 서러워한다는 걸 나는 뒤늦게 깨달았다. 아내한테 무심한 게 절대 아니었는데, 아내에겐 무심한 남편으로 느껴졌을 것이다.

17년차 부부로 살면서도 나는 여전히 아내 마음을 잘 몰랐다. 다만 서로의 다름을 인정해야 한다는 것 정도는 알게 됐다. 부부여도 다르다는 걸 이해하는 것, 서로 덜 부딪히고 공존하는 방법을 자연스레 터득하는 것, 굳이 설명하거나 이해를 구하지 않아도 공감대를 갖게 되는 것이 부부 사이 아닐까? 둘이 사랑한다는 건 그런 것 같다. 이 사람이 원하는 것, 지금 하고 싶다고 하는 것, 먹고 싶다고 하는 것을 들어주고 같이 공유하며 사는 게 '맞춰주는' 거라는 걸 이제 겨우 알 것 같은 거다.

늘 일터에서 집에서 부엌을 지키는 아내, 평생 나에게 맞춰주고 살아온 아내에게 정말 맛있는 아란치니를 선사하고 싶다는 생각을 한다. 아내와 손 붙잡고 오페라 극장에 데이트 하러 가서, 우리의 한 시절을 떠오르게 하는 〈라 보엠〉을 함께 보고, 따끈한 아란치니를 반 갈라 나눠먹으며 옛날이야기나 하고 싶다는 상상을 한다. 아마 그건 우리가 객석에 같이 앉아서 함께 보는 첫 번째 오페라가 될 것이다.

어느 노부부에게 바치는 결혼기념일 식탁

: 김광석의 〈어느 60대 노부부 이야기〉와
베네치아식 대구요리+양고기 스튜

내 꿈은 귀여운 노부부가 되는 것

여느 이탈리아 식당의 손님들이 젊은 층이 많은 데 비해 우리 식당에 오시는 손님들은 연령대가 다양한 편이다. 특히 나이가 지긋한 분들이나 가족 단위 손님들이 많다는 게 특징이다. 할머니, 할아버지부터 손자까지 온 가족이 생일 같은 특별한 날을 기념하러 오신다. 식당 주인 입장에서는 정말 감사한 일이다. 그만큼 남녀노소 누구나 편안하게 먹을 수 있는 음식, 편하게 머무를 수 있는 식당으로 생각해준다는 것이기 때문이다. 그런 손님들일수록 더 최선을 다해서 잘해드리고 싶어진다.

그중에 '나도 언젠가 저렇게 나이 들고 싶다'고 생각하게 한 무척 인상 좋은 노부부가 계셨다. 만인의 부모님 같은 포근하고 인자한 첫인상과 너그러운 표정에서 여유와 매너, 인품이 우러나오는 분들이었다. 더 놀라웠던 건 노신사가 해주신 이야기였다.

"우리가 예전에 전 선생의 무대를 보았답니다."

예전에 내가 출연했던 〈청교도〉라는 오페라를 보셨다는 것이다. 당시 김동규 선생과 함께 섰던 작품이었는데, 내가 맡은 역이 단역이었음에도 불구하고 정확하게 기억하신다고 했다. 그러면서 이렇게 덧붙이셨다.

"선생의 소리가 워낙 고급스럽고 두드러져서 인상 깊게 봤었지요. 그러다가 몇 달 전에 우연히 〈인간극장〉에 출연하신 걸 보고 깜짝 놀랐지 뭐요. 이 사람이 여길 꼭 와야 한다고 해서 이렇게 왔는데 음식도 맛있고 정말 잘 온 것 같아요. 오페라 무대에서 봤던 사람이 해주는 파스타를 먹다니 감회가 새롭네요."

알고 보니 그 노부부는 젊었을 때부터 오페라 애호가였다. 두 분이 함께 공연을 자주 보러 다니다 보니 국립오페라단의 공연도 여러 작품을 관람하셨고 그중엔 내가 출연한 작품들도 있었던 것이다. 한때 객석에서 나의 노래를 들었던 분들에게 내 손으로 만든 음식을 대접하게 되다니, 나 역시 감회가 남달랐다. 지난날의 추억의 조각들이 퍼즐이 맞춰지는 것 같아 기분이 좋았다. 나를 기억해주시고 일부러 식당을 찾아주신 그분들에게 샴페인 서비스를 해드렸던 기억이 난다. 그 후로도 그분들은 부부끼리, 혹은 자녀들과 함께 식당을 종종 방문하셨다. 그분들 같은 인자하고 인상 좋은 노부부를 뵐 때면 가까운 미래의 나와 내 아내의 모습을 그려보게 된다.

세상 모든 부부의 이야기

예전에 이탈리아에서 가이드 일을 할 때도 노부부 관광객들에 유독 눈길이 가곤 했다. 유럽 배낭여행을 하는 관광객 중에는 젊은 사람들뿐만 아니라 미국 등에서 온 서양인 노부부들이 꽤 많다. 머리가 하얀 할머니, 할아버지 커플이 둘이 손을 꼭 붙잡고 다른 한 손엔 아이스크림콘을 들고 유럽의 거리를 걸어가는 모습이 어찌나 귀엽고 보기 좋던지! 할머니가 할아버지 입가에 묻은 아이스크림을 닦아주는가 하면, 노천 레스토랑에 자리 잡고 앉아 둘이서 메뉴판을 보며 "난 이거 먹을래" 하고 의논하는 모습까지 너무나도 사랑스럽고 예뻐 보였다. 그 모습을 보며 늘 이렇게 생각했다.

'참 예쁘게 늙으셨네. 나도 저렇게 살고 싶다.'

내가 늘 부러워했던 다정한 노부부의 모습은 나의 부모님에게서는 볼 수 없는 모습이었다. 내가 아주 어렸을 때 우리 아버지가 돌아가신 후로 어머니는 쭉 혼자이셨기 때문이다. 정작 내 부모에게서는 한 번도 못 봤던 모습이라, 어쩌면 그래서 더 미래의 나와 내 아내의 모습에 대해 남다른 꿈을 꾸는 것인지도 모른다. '이 다음에 늙어서도 마누라랑 손 붙잡고 다녀야지. 둘이 다니면 남들이 귀엽다며 자꾸 쳐다보는 노부부가 되어야지.' 이런 상상을 하는 것이다.

그래서인지 나도 모르게 자꾸 '귀여운' 남편 노릇을 하게 된다. 평소 우리 부부는 남녀가 바뀐 것 같다. 아내가 좀 무뚝뚝한 반면 나는 보기와는 다르게 아내한테 애교를 그렇게 많이 부린다. 남편이 아니라 속없는 큰아들처럼 군다. 아내가 "그만 좀 해." 하고 귀찮아할 정도다. 사실 그 밑바탕에는 아내의 희생에 대한 미안함이 많이 깔려 있다. 그리고 더 깊이 들어가면 아내 없는 삶을 상상조차 할 수 없는 마음이 자리 잡고 있다.

그런 내 마음을 깨닫게 해준 노래가 바로 김광석의 '어느 60대 노부부 이야기'이다. 몇 해 전 이 노래를 부르며 목이 메었던 기억이 지금도 생생하다. 신촌의 한 작은 공연장에서 열린 '쉼 콘서트'라는 이름의 크로스오버 무대에 설 기회가 있었다. 11월의 어느 날, 우연찮게도 그날이 우리 부부의 결혼기념일이어서 아내와 아들도 객석에 와 있었다. 크로스오버 공연이라 클래식 곡이 아닌 다른 장르의 곡을 선곡할 수 있었는데 예전부터 김광석의 이 노래가 마음에 와닿았기 때문에 꼭 한번 불러보고 싶었다.

가사에서 알 수 있듯이 이 노래는 방금 세상을 떠난 아내에게 잘 가라고 남편이 건네는 애절한 마지막 인사다. 가슴을 후벼 파는 가사 구절마다 부부의 세월과 인생과 깊은 사랑이 담겨 있다. 감정에 몰입해 노래를 부르는데, 노래 중반부턴가 객석 여기저기에서 훌쩍거리는 소리가 나기 시작하는 것이었다. 노래가 끝날 즈음 공연장은 온통 울음바다가 되고 말았다. 하필 관객의 대부분이 중년층 이상의 여성분들이었다. 아내가 휴대폰 동영상으로 무대를 찍었는데 나중에 보니 주변의 흐느끼는 소리가 다 녹음됐을 정도다.

나 역시 울컥하는 감정을 주체하느라 힘들었다. 노래라는 건 아무리 슬퍼도 굉장히 절제할 수 있어야 한다. 노래에 풍부한 감성을 담아내되, 1차원적인 감정을 있는 그대로 드러내면 발성이 망가져서 노래를 망치고 만다. 감정을 오로지 음악적으로만 표현해야 하는 게 가수의 의무다. 듣는 사람의 심금을 울려야 하지만 부르는 사람은 오히려 평정심을 유지해야 한다. 그래서 감정이 올라오는 노래일수록 부르기가 어렵다.

죽음이 우리를 갈라놓을지라도

객석에서 나를 바라보는 아내와의 지난 세월이 노래를 부르는 내내 스치고 지나갔다. 제목이 '60대 노부부'의 이야기이지만 꼭 노부부가 아니더라도 이 세상 모든 부부에게 울림을 주는 노래다. 모든 부부는 언젠가는 죽음이 갈라놓는 이별을 겪을 것이기 때문이다.

죽음이 갈라놓을 우리의 미래는 어떻게 될까? 나의 아버지도, 장모님도 뇌경색으로 돌아가셨기 때문에 우리 부부는 가족력이 있다. 건강을 항상 조심해야 하는 것이다. 하지만 나는 아내가 나보다 먼저 세상을 떠나는 상

세월이 흘러감에 흰 머리가 늘어가네

모두가 떠난다고 여보 내 손을 꼭 잡았소

세월은 그렇게 흘러 여기까지 왔는데

인생은 그렇게 흘러 황혼에 기우는데

다시 못 올 그 먼 길을 어찌 혼자 가려 하오

여기 날 홀로 두고 여보 왜 한마디 말이 없소

여보 안녕히 잘 가시게

– 〈어느 60대 노부부 이야기〉 김광석

황은 상상조차 할 수 없다. 내 인생에서 아내가 존재하지 않는 챕터로 넘어가본 적이 없다. 그래서 가끔 아내에게 농담처럼 이런 말을 한다.

"여보, 내가 당신보다 하루 먼저 죽을게. 당신을 먼저 보내진 못할 것 같아."

아내는 그런 나를 이기적이라고 하겠지만 지금도 나는 아내 없이는 안될 것 같다. 객석을 눈물바다로 만든 그 공연 이후 나는 지금도 김광석의 노래를 못 부른다. 감정이 북받쳐서 노래를 망칠 것 같아서이다. 한번은 운전을 하고 가다가 라디오에서 우연히 이 노래를 듣는 순간 너무 눈물이 나서 아예 갓길에 차를 세워놓고 펑펑 울었다.

우리 부부의 결혼기념일이었던 그날 김광석의 노래를 부르며 나는 언젠가 다가올 우리 부부의 미래를, 삶과 죽음을 떠올렸다. 내 식당을 방문한 멋진 노부부들을 부러워하고 존경하는 마음속에는 나도 아내와 함께 멋지게 잘 늙고 싶다는 소망이 담겨 있다. 언제부턴가 내 인생의 목표도 '잘 사는 것'이 아니라 '잘 죽는 것'이 됐다.

긴 세월을 함께 견딘 이 세상 모든 노부부에게 대접하고 싶은, 소박하지만 따뜻하고 부드러운 요리로는 베네치아 식 대구 요리가 좋을 것 같다. 대구 살을 염장해 적당히 간을 배게 한 다음 잘 구워내고, 그 옆에는 익힌 콩과 채소를 곁들여 낼 것이다. 단백질인 생선과 콩은 궁합이 잘 맞는 재료이고 어르신들의 영양에도 좋으며 소화도 잘 된다.

여기엔 따끈한 양고기 스튜가 잘 어울린다. 토마토를 베이스로 하여 연한 양 사태고기와 갖은 채소를 넣고 한 4시간쯤 푹 고아낸다. 세월을 함께 건너온 노부부의 시간처럼 천천히 고는 것이다. 시간 지나면 고기와 채소가 형체 없이, 서로 다른 재료들이 너나할 것 없이 부드럽게 뭉그러진다. 여기에 따끈한 호밀빵을 찍어먹으면 안성맞춤이다.

연한 대구 살에 따끈한 양고기 스튜. 이렇게 한 상 차려내면 어르신들이 부담 없이 잘 드실 수 있을 것이다. 어쩌면 이 요리는 미래의 11월 어느 날, 결혼기념일을 맞은 우리 부부에게 바치는 따뜻한 한 상이 될지도 모르겠다.

아버지가 차리는 아들의 식탁

: 조르다노의 〈안드레아 셰니에〉와
카르보나라 스파게티

아빠 언제 나와?

2015년, 내가 국립오페라단에서 마지막으로 했던 오페라는 움베르토 조르다노의 〈안드레아 셰니에〉라는 작품이다. 18세기 프랑스 혁명기 때의 실존인물인 안드레아 셰니에André Chénier, 1762~1794의 이야기로 사실주의, 즉 베리즈모 오페라의 최고봉으로 불린다.

셰니에는 당대의 시인이자 외교관이었으나 격동의 시대에 단두대에서 처형된다. 오페라에서도 남녀 주인공이 함께 단두대에 오르는 비극으로 끝난다. 이 작품에서 내가 맡았던 역할은 셰니에를 도와준 의리 있는 친구 '루쉐'라는 인물이었다. 대부분의 오페라가 그렇지만 이 작품은 특히나 주인공인 테너와 소프라노를 위한 작품에 가까워 내가 나오는 장면은 그리 많지 않았다. 대작 오페라로 손꼽히지만 '라 트라비아타'나 '카르멘' 같은 작품들에 비해서는 상대적으로 덜 대중적이고, 내용도 무척 심각하고 공연 시간도 길다.

그런데도 긴 공연시간 내내 내가 나오는 장면만을 목 빠지게 기다리고, 드디어 내가 무대에 나와서 노래를 부를 땐 이탈리아어로 된 어려운 가사를 줄줄 따라 읊는 열혈 관객이 한 명 있었다. 열 살배기 꼬마였던 내 아들이다.

아들은 이미 여섯 살 때부터 객석에 의젓하게 앉아 내가 출연하는 오페라들을 다 봤다. 내 역할의 이탈리아어 가사도 줄줄 외곤 했다. 꼬마애가 오페라 가사를 읊어 주변 어른들이 신기해하면 "우리 아빠예요!" 하면서 고사리 손으로 무대를 가리켰다고 한다. 사실 거의 모든 오페라에서 베이스 파트는 조연 혹은 단역이어서 분량이 적은 경우가 많다. 주인공은 대부분 테너, 소프라노가 한다. 그러다 보니 공연을 볼 때마다 아들이 엄마한테 제일 많이 물어봤던 질문은 이거였다.

"아빠 언제 나와?"

아들이 봤던 여러 공연 중 모차르트의 〈돈 조반니〉는 아마 처음부터 끝까지 가장 집중해서 봤을 것이다. 왜냐하면 내가 맡은 돈 조반니의 하인 '레포렐로'가 처음부터 끝까지 거의 계속 나오기 때문이다. 공연 내내 깔깔 웃으며 재미있어 하던 아들은 공연이 끝나자 대기실로 뛰어와 나한테 안기면서 이렇게 외쳤다.

"아빠, 완전 웃겨!"

늘 조금씩 나오던 아빠가 첫 장면부터 마지막까지 계속 나오니까 신나고 으쓱했던 것이다. 하지만 언제부턴가 아들은 아빠가 적게 나오는 공연도 그 자체로 즐길 줄 알았다. 내가 등장하는 분량이 많지 않은 작품의 경우, 아빠가 집에서 반복해서 연습하는 걸 자꾸 듣다 보니 오히려 가사도 더 잘 외워지던 모양이다.

웃긴 장면이 많이 나오는 아니든, 아빠가 자주 등장하든 아니든, 아이에게는 그 자체로 의미 있는 경험이었을 것이다. 어른들은 어린 아이가 오페라를 지루해서 어떻게 보느냐고 생각할지도 모른다. 하지만 그건 어른들의 편견이다. 재미있으면 재미있는 대로, 재미없으면 없는 대로 그냥 극장이라는 공간 안에 있는 경험만으로도 아이에겐 하나의 좋은 씨앗이 심어졌을 것이다. 언젠가 먼 훗날 아들이 어른이 되었을 때, 어렸을 때 봤던 아빠가 나온 오페라가 어떻게 기억될지는 모른다. 그래도 이 아이의 인생에서 아버지가 나온 오페라 한 편 정도는 뇌리에 남아 있을 것이다.

언젠가 파바로티가 이런 얘기를 했다. 음악 감상에 지식은 필요 없다고, 음악 자체가 언어이기 때문에 그냥 편견 없이 들으면 된다고 말이다. 물론 어른이 되어 그 음악에 대한 배경지식을 알고 들으면 또 새로운 경험을 할 수 있겠지만, 아이들은 아이들 나름대로 그 음악을 받아들일 능력이 얼마든지 있다. 어른들은 '과연 이 길고 어려운 세 시간짜리 오페라를 애가 알고 보는 걸까?' 싶겠지만 그런 걱정은 하지 않아도 된다. 내 아들도 그저 아이의 눈과 귀로 〈안드레아 셰니에〉를, 〈돈 조반니〉를 즐겼다. 우스꽝스러운 장면이 나오면 깔깔 웃고, 나쁜 놈이 벌 받으면 통쾌해 하고, 어느 장면에서 갑자기 아빠가 툭 튀어나오면 "우와, 아빠다!" 하고 반가워도 하면서 말이다.

아이가 아이의 눈과 귀로 오페라를 감상하는 것처럼 음악에서 제일 중요한 건 '그냥 듣는 것'이다. 나도 그걸 계속 배우고 있는 중이다. 그동안 무대에서 주연, 조연, 단역을 골고루 해봤고, 무대 밖에서는 해설과 MC도 해보았다. 그런데 극 속에 들어가서 주연을 상대하는 조연 입장에서 해석하는 오페라 내용과, 객석의 관객 입장에서 바라보는 오페라 내용과, 해설자 입장에서 전체를 바라볼 때의 오페라 내용이 다 다르다. 음악이란 그처럼 다양한 언어를 가지고 있다. 한번은 어떤 음악회의 해설을 맡은 적이 있었는데 그 해설을 위해 내가 준비한 건 '듣는 것'이었다. 해설하기로 돼 있는 쇼팽의 '빗방울 전주곡'을 몇 날 며칠 들었다. 낮에도 들어보고 밤에도 들어보고 비올 때도 들어보고 화창할 때도 들었다. 듣다 보니 어느 순간 쇼팽의 마음이 내 마음에 전해졌다. 진정한 해설이란 어려운 지식을 설명하는 게 아니라 그저 그 음악을 잘 듣고, 작곡가와 연주자의 마음을 잘 전달해주는 것이다.

아버지의 나이는 아들과 동갑이다

결혼해서 가정이 꾸려지면 어느 순간 가정이 나의 온 우주가 된다. 2006년 아들이 태어나고 나서 그 우주는 더 안정적인 궤도에 올랐다.

우리 부부는 2010년 귀국하기 전까지 한 2년 동안 로마에서 한인민박집을 운영했다. 그 전까지 좁은 원룸에서만 살다가, 아이 키우기 좋은 환경을 생각하다 보니 자연스럽게 결정하게 된 거였다. 가이드 경력이 쌓여 초창기보다는 돈을 좀 더 안정적으로 벌 수 있었지만 어느 정도 고정수입도 필요했다. 그래서 월세 460유로짜리 원룸에서, 방 3개 있는 월세 1,300유로짜리 주택으로 이사를 하고 민박집을 열었다. 월세가 우리 돈으로 약 160만원이니 엄청난 금액이었지만 다행히 민박집이 잘 되면서 집세를 감당할 수 있었다. 우리 민박집이 '밥이 맛있는 집'으로 소문이 나면서 여행객들이 많이 찾아온 것이다.

민박을 하면서 우리 부부가 가장 신경 쓴 건 음식이었다. 조식으로 내는 반찬만 매일 7~8가지에, 어떤 날은 고기도 굽고 어떤 날은 꾸덕꾸덕 말려 났던 생선도 구웠다. 김치도 직접 담그고, 장조림, 닭볶음탕, 육개장처럼 여행지에서 한국음식 그리워할 사람들을 위한 요리도 자주 내놓았다. 주방에는 냉장고 세 대를 두고 하나는 음식용, 다른 두 개는 맥주와 와인용으로 마련해 숙박 손님들에게 맥주와 와인을 무료로 제공했다. 한식은 주로 아내가, 이탈리아음식은 내가 담당했는데, 장기간 숙박하는 분들에게는 특별

주문을 받아 파스타 같은 걸 만들어주곤 했다. 그럴 때마다 손님들이 했던 말이 있다.

"사장님, 아예 식당을 차리세요! 진짜로요!"

훗날 언제쯤 진짜 식당을 차리게 될지는 몰랐지만, 사람들이 맛있게 먹고 행복해 하는 모습을 보는 게 참 흐뭇했다. 집세 내고 나면 많이 남지 않았어도 더할 나위 없이 편안한 시절이었다. 그 집에서 아들은 맘껏 뛰어놀며 무럭무럭 자랐다. 그러다 우리나라로 돌아올 결정을 하게 된 것도 사실은 아들의 영향이 컸다. 이탈리아에서 학교를 쭉 보낼 게 아니라면 언어적 혼란을 겪기 전에, 유치원 들어가기 전에 한국에서 첫 교육을 시작하는 게 나을 것 같아서다. 나 또한 더 늦게 전에 오페라 가수로서 한국 무대에 서고 싶었다.

이탈리아에서 유아기를 보낸 아들이 어느덧 초등학교 6학년이 된다. 나를 꼭 닮은 모습을 보면 마치 내 분신 같아서 행여 나처럼 힘들게 살까 봐 걱정되기도 하고, 나보다 쾌활하고 친구들과 잘 어울리는 모습을 보면 안심이 되기도 한다. 아들과 대화할 때 때로는 아들에게서 나의 어린 시절이 보여 '아, 나도 저랬었지' 하기도 한다. 어떤 면에서 보면 과거로 돌아가 열두 살 때의 전준한이라는 아이와 대화하는 것 같아 신기할 때도 있다. 그러면서 이런 생각을 늘 한다. '아들이 매년 크는 만큼 나도 계속해서 아버지 역할을 공부해야 하는구나.'

아들이 아홉 살일 땐 나의 '아버지 나이'도 아홉 살이다. 아들이 열한 살이면 나도 아버지로선 열한 살에 불과하다. 내 나이는 아들보다 많지만 나의 '아버지 나이'는 아들이 태어나면서부터 시작됐으니까 아들과 동갑인 것이다. 아들은 계속해서 성장하고 변화하고 있으니 아버지도 그런 아들을 이해할 수 있도록 노력하고 변화해야 한다고 생각한다.

오히려 아들이 나를 결정적으로 변화하게 만든 일도 있다. 20년 피운 담배를 딱 끊게 한 것이다. 어느 날 베란다에서 담배를 한 대 피우고 나서 거실로 들어올 때였다. 거실에서 혼자 놀고 있던 아들이 나를 빤히 쳐다보며 이렇게 물었다.

"아빠, 아빠는 성악가가 왜 담배를 피워?"

"응? 어……."

일곱 살배기 아이가 진지한 눈빛으로 묻는데 그 순간 뭐에 얻어맞은 것 같았다. 아들의 질문에 아무 말도 못하고 우물쭈물하다 이렇게 대답했다.

"어…… 그럼 아빠가 오늘부터 담배 끊을게."

아들의 천진난만한 질문 한마디가 정말 충격이었다. 그 눈빛을 제대로 쳐다볼 자신이 없었다. 괜히 마음이 너무나 아프고 아이에게 미안했다. 나는 주머니 속에 들어 있던 남은 담배를 쓰레기통에 버렸다. 그날 이후 6년이 지난 지금까지 담배는 손도 안 댄다. 그 전에도 담배를 끊은 적은 있었다. 군대 갔을 때 끊고 한 3년 안 피우다가 다시 흐지부지 흡연자로 되돌아갔다. 그런데 이번엔 차원이 달랐다. 흡연자 인생에서 완전히 돌아선 것이다. 거기서 빠져나와 다른 세상으로 와 버린 느낌이다. 20년 동안 피우던 담배와의 완전한 결별. 그걸 가능하게 해준 사람이 바로 아들이다. 아들은 내가 안아줄 때나 뽀뽀할 때 아빠한테서 담배냄새가 나는 게 너무 싫었다고 한다. 그걸 나중에야 알았다.

만약 그때 담배를 안 끊었다면 지금 요리를 하며 살지는 못했을 것이다. 물론 요리사 중에도 담배 피우는 사람이 있고, 성악가 중에도 담배 피우는 사람이 꽤 있다. 하지만 담배는 요리사에게도 성악가에게도 좋지 않다. 성악가가 담배를 피우면 우선 몸이 망가져 성대에도 안 좋은 영향을 끼치고, 요리사는 미각과 후각이 둔해져서 안 좋다. 애연가 중에 미식가가 없다는 말도 있다. 이 둘은 양립할 수가 없다. 특히 지중해요리는 원재료의 맛과 향을 예민하게 구분하고 느껴야 하기 때문에, 후각과 미각이 둔한 사람은 만들기도 좋아하기도 어렵다. 실제로 담배를 많이 피우는 사람들 중에는 맵고 짜고 양념이 강한 음식을 좋아하는 경우가 많다. 그러고 보면 나는 아들 덕분에 더 나은 요리사, 성악가가 될 수 있었다.

가정이라는 우주 안에서

나는 아버지 없이 자라서 아버지가 뭘 해야 하는지 잘 모른다. 그래서 아들을 대하는 마음이 더 각별하고 조심스럽다. 우리 아버지는 내가 태어나고 나서 2년 후에 돌아가셨다. 그래서 아버지에 대한 기억이 없다. 서울대 최종고 교수의 저서 『한국의 법학자』에 수록된 31인의 법학자 중 전원배(1924~1974)라는 함자 세 글자, 일본 동경대 유학을 다녀와 서울대 법대 교수를 지낸 법철학자라는 사실만 어머니에게 들어 알 뿐이다. 어머니는 아버지가 얼마나 훌륭한 분이었는지를 항상 자랑스럽게 말씀해주셨지만 나에게 아버지의 자리는 공백일 뿐이었다. 게다가 엄마와 손위 누나, 이모들까지, 어려서부터 여자들은 많은데 남자어른은 없는 환경에서 자랐다. 어릴 땐 그런가 보다 하고 자랐지만 어른이 되고 나서, 특히 나 자신이 한 아이의 아버지가 되고 나자 나에게 결여되어 있는 아버지라는 빈자리가 보이기 시작했다.

아버지로서 어떤 역할을 해야 하는지 막막했던 데다 아들이 영유아기 때 한동안 곁에 있어주지 못했다는 죄책감도 갖고 있다. 아내의 산달이 되자 아내와 나는 일단 함께 귀국을 했다. 이탈리아에서는 아내 혼자 산후조리를 제대로 할 수 없어서였다. 3주 후 아들이 태어나는 것만 보고 나 혼자 다시 이탈리아로 돌아가야 했다. 생계의 발판이 이탈리아에 있어서 너무 오래 자리를 비울 수 없어서였지만 갓 태어난 아이와 아내를 남겨 두고 오는 발걸음은 너무도 무거웠다. 그런데 그 후 여러 집안일들이 연달아 일어나면서 본의 아니게 헤어져 있는 기간이 길어졌다. 아이는 하루가 다르게 크는데 그 모습을 못 보고 몇 달이 지나간 거다.

결국 도저히 견딜 수 없어 어렵게 한국행 비행기에 올랐다. 집에 도착해 현관문을 여는데 내 눈에 제일 먼저 들어온 건 아들이 아장아장 걸음마를 하며 걸어 나오는 모습이었다. 그걸 보고 그만 자리에 주저앉아 펑펑 울고 말았다. 아빠란 사람이 아이의 첫 걸음마 떼는 것도 못 보다니…… 그게 지금까지도 가슴이 저리고, 나 없이 고생했을 아내와 아들에게 너무나도 미안하다. 그 후로는 아들이 나처럼 아버지의 빈자리 같은 걸 경험하지 않도록 해주고 싶었다. 아버지라는 존재가 뭘 해야 하는지는 잘 모르지만 아들한테 제일 좋은 친구가 돼줘야겠다고 생각했다. 훈계하는 대신 대화를 많이 하고, 아이가 하는 말에 늘 귀 기울이려 한다.

"아빠가 성악가이니까 아이도 노래를 잘 하겠네요? 성악 시킬 거예요?"

종종 사람들이 내 아들을 두고 이렇게 물어보면 도대체 어떻게 대답해야 할지 난감하다. 부모로서 자식한테 그 무엇도 강요하거나 부모 잣대로 뭘 시키고 싶진 않아서이다. 그냥 아이 스스로 원하는 것에 귀 기울이고 여러 가지 씨앗들을 슬쩍슬쩍 뿌려주기만 하면 아이는 어느 순간 자기가 정말 원하고 자기한테 정말 필요한 걸 만날 거라고 믿는다. 씨를 심어놓는 건 부모가 해줄 수 있지만, 그 씨앗이 언제 발아할지, 어느 방향으로 자랄지는 아이 스스로 결정할 것이다. 부모에게 필요한 건 그저 기다리고 인내하는 것뿐이다.

아버지라는 존재가
뭘 해야 하는지는 잘 모르지만

아들한테 제일 좋은 친구가 돼줘야겠다고

생각했다.

아들이 좋아하는 오리지널 카르보나라

수많은 이탈리아 음식 중에서 아들 하면 카르보나라가 생각나고 카르보나라 하면 아들이 생각난다. 아이가 잘 먹다 보니 자주 해주게 되고, 자주 하다 보니 점점 더 잘 하게 된다. 부모는 자식 입에 음식 들어가는 소리가 제일 듣기 좋다는 옛말이 딱 맞는 것 같다.

아들은 어려서부터 희한하게도 김치를 그렇게 좋아했다. 유아기 때 이탈리아 음식을 많이 접했음에도 꼭 김치를 찾았다. 우리는 중국 무를 사다가 깍두기를 담가 먹곤 했는데 그 깍두기를 포크에 꽂아 한 손에 쥐어줘야 밥을 먹었다. 그 정도로 김치 마니아였던 아들은 카르보나라 스파게티도 정통 이탈리아식만 먹는다. 대개 우리나라 사람들은 카르보나라 스파게티 하면 크림소스인 줄 안다. 메뉴판에도 그렇게 분류가 되어 있는 곳이 많다. 하지만 원래 이탈리아식 카르보나라는 크림소스가 들어가는 게 아니라 달걀노른자에 비벼 먹는 음식이다. 아들이 좋아하는 카르보나라가 바로 이거다.

본래 카르보나라 스파게티는 가난한 자들의 영양식이었다. 이탈리아 중부 산맥 쪽은 예로부터 광물이 풍부해 탄광이 많았다. 탄광에서 광부들이 힘들게 일하고 나서 한 끼 든든하게 먹기 위해 달걀노른자에 스파게티 면을 비벼 먹은 데서 유래했다. 이탈리아어로 '카르보네carbone'가 '석탄'이라는 뜻이다. 여기서 밑간 역할을 하는 게 베이컨이다. 정확히 말하면 베이컨이 아니고 돼지 턱살과 목살을 염장해 만든 '관찰레guanciale'라는 햄을 쓴다. 짜게 염장한 햄을 넣으니 간이 저절로 맞고, 달걀노른자를 넣으니 열량도 높다. 여기에 치즈가루를 뿌려 한 접시 먹으면 정말 속이 든든하다. 그런데 광부들이 일하다 먹는 음식이다 보니 작업복의 숯가루가 면 위에 거뭇거뭇하게 떨어졌다. 그래서 숯가루, 석탄이라는 이름이 붙었다. 이 숯가루처럼 뿌리는 게 후춧가루다. 달걀노른자에 치즈가루를 뿌리면 자칫 느끼할 수 있는데 후춧가루가 느끼함을 잡아주고 풍미도 굉장히 좋아진다.

아들에게 카르보나라를 만들어줄 땐 우선 프라이팬에 베이컨을 볶은 다음, 올리브오일과 마늘 약간에 소금, 후추로 간을 하고, 달걀노른자에 면을 비벼 완성한다. 아들은 어릴 때부터 이게 카르보나라인 줄 알고 있어서, 어쩌다 밖에서 크림소스 범벅인 카르보나라를 접하면 "이거 카르보나라 아닌데?" 하고 고개를 갸웃한다. 우리 가게 메뉴판에도 '카르보나라' 밑에 달걀노른자를 넣어 만드는 오리지널 이탈리아식이라고 설명을 써놓았는데, 그럼 손님들 중 대부분은 크림소스가 아니라는 사실에 놀라워한다.

그런데 왜 우리나라에서는 카르보나라가 크림소스 스파게티로 분류되었을까? 크림소스로 만드는 방식은 정통 이탈리아식이 아니라 미국식이라고 한다. 이탈리아식 카르보나라가 그대로 들어온 게 아니라, 이탈리아에서 미국으로 건너가 우유와 크림을 넣은 미국식으로 변형된 다음 다시 우리나라로 들어온 것이다. 엄밀히 말하면 내가 만드는 카르보나라도 완전히 오리지널이라고는 할 수 없다. 스파게티 면과 치즈는 이탈리아산, 소금은 캐나다산, 달걀은 우리나라 것을 쓰니 3개국이 모인 음식이다. 또 원래대로라면 '관찰레'를 넣어야 하는데 우리나라에서는 구하기가 어려우니 베이컨을 쓴다. 베이컨 중에서 훈향이 강하지 않은 베이컨을 쓰면 정통 카르보나라랑 그런대로 맛이 비슷하다.

차선책의 재료를 써서 '창조'가 아닌 '재현'을 하되 오리지널을 알고 존중하는 것. 그건 내가 이탈리아 요리를, 그리고 음악을 대하는 방식이자 태도이다. 한국에서 이탈리아 음식을 만드는 사람으로서, 그리고 유럽 사람이 만든 음악을 노래하는 한국인으로서, 내가 할 수 있는 일은 정통의 명맥을 최대한 존중하는 것이다. 한국산 식재료를 쓸 수 있고, 한국인 손님들의 입맛을 고려해 약간의 변형을 할 순 있지만 본질이 무엇인지를 분명히 알고 그걸 존중한다. 한국인 관객 앞에서 노래를 부를지언정 그 음악을 창조한 사람의 의도와 정신까지 저버리지는 않으려 한다.

넓게 보면 이것은 아들에 대한 아버지로서의 내 역할과도 통하는 것 같다. 가정이라는 우주 안에서 아들과 아내는 나의 가장 친한 친구다. 이 우주의 질서를 잘 유지하는 방법은 내가 그 안에서 군림하거나 왕이 되려 하지 않는 거라는 생각을 했다. 오히려 아내와 아들을 위해 존재하는 시종 같은 사람, 셋 중 제일 힘없는 존재가 되는 것이야말로 우주의 질서와 행복을 유지하는 방법이라고 말이다. 평상시에는 친구 같고 종 같지만 정말 필요할 때는 태산처럼 장벽처럼 모든 걸 다 막아낼 수 있는 존재. 아이에게 부모 욕심을 강요하지 않고 때를 기다려주는 사람. 그런 아버지로서의 '본질'을 지키는 아빠가 되었으면 좋겠다.

결혼을 앞둔 예비부부를 위한 저녁

: 카를로스 가르델의 〈당신이 나를 사랑하게 되는 날〉과
달콤 쌉쌀한 아포가토

서곡이 오페라의 전부는 아니다

"전준한 선생님, 저 결혼해요."

"우와, 축하해요! 제가 축가라도 불러드릴까요?"

"축가는 안 불러주셔도 돼요. 그 대신 주례를 서주세요!"

"주례요? 에이, 말도 안 돼요. 무슨 그런 농담을!"

친한 지인이 몇 년 전 나한테 결혼식 주례를 부탁했다. 이탈리아에서 가
이드를 할 때 알게 된 후 나중엔 내 음악회도 찾아올 정도로 팬이 되었다.
우리 부부와 다 같이 어울리며 친해졌는데 어느 날 인생의 반려자를 만났
다며 기쁜 소식을 전했다. 성악가한테 축가를 부탁할 줄 알았는데 웬 주례

를 부탁하는 게 아닌가! 처음에는 농담하는 줄 알았다. 당시 내 나이 고작 마흔셋! 이 나이에 무슨 주례냐고, 말도 안 된다고, 내 인생에 '흑역사'로 남을 거라고 몇 번이나 사양했다. 그런데 그녀는 포기하지 않고 간곡하게 부탁하면서 이렇게 말하는 것이었다.

"뻔한 주례사를 듣는 뻔한 결혼식은 하고 싶지 않아요. 선생님 얘기를 듣고 싶어요. 전준한 선생님 부부의 모습이 저희한테는 롤 모델이거든요."

이런 진지한 부탁을 더 이상은 거절할 수 없었다. 그리고 한 달 동안 꼬박 고민에 잠겼다. 새로운 인생을 시작하는 예비부부에게 어떤 얘기를 해줘야 의미 있을까? 내가 무슨 말을 해줄 수 있을까? 고민 끝에 나는 그들에게 이런 숙제를 내줬다.

'상대방의 장점 10가지, 단점 10가지 써오기'

일주일 후 그들은 정말로 상대방의 장단점을 10가지씩 써왔다. 나는 두 사람이 써온 장단점 목록을 받아서 잘 간직한 후 이렇게 덧붙였다.

"'결혼식'을 준비하지 말고, '결혼'을 준비하세요. 그럼 예식 날 봅시다."

나는 강연이든 뭐든 여러 사람 앞에서 이야기할 때 원고나 대본을 따로 준비하는 스타일이 아니다. 그래서 그들의 결혼식 날 단상에서 내가 정확히 무슨 얘기를 했는지는 잘 생각나지 않는다. 다만 이 점을 강조했던 것만은 기억난다.

"두 분이 상대방의 장점과 단점을 각각 10개씩 써오셨지요. 시간이 한참 지나 두 분이 기억을 못할 때쯤 제가 그 목록을 다시 보여드리겠습니다. 각자가 쓴 상대방의 장점이 단점이 됐을 수도 있고 단점이 장점이 되어 있을 수도 있거든요. 뭐가 얼마나 변했는지, 뭘 포기했는지를 그때 다시 한 번 확인해보시기 바랍니다."

두 사람에게 해주고 싶은 얘기는 이거였다. 만약 시간이 지나서 상대방의 장점이 단점이 되고, 단점이 장점이 되었다면, 그건 상대방이 변한 게 아니라 내가 변했기 때문이라고.

흔히 젊었을 땐 불타오르는 뜨거운 사랑을 사랑의 전부라고 생각하는 경우가 많다. 그리고 그 감정이 변함없이 지속될 줄로 안다. 하지만 뜨거운 감정은 연인에서 부부로 들어가는 도입부의 현상일 뿐 그 자체가 사랑의 전부는 절대 아니다. 연애시절에 느끼는 열정과 행복감이 사랑의 첫 관문인 건 맞지만 부부의 사랑은 그것으로만 이뤄지진 않는다.

비유하자면 오페라 중에도 '서곡Overture'이 멋있는 오페라가 참 많다. 특히 〈라 트라비아타〉와 〈피가로의 결혼〉은 오페라 중간중간의 아리아들도 유명하지만 서곡이 아름다운 것으로도 유명하다. 영화도 인트로, 즉 맨 첫 번째 장면이 중요하다. 책도 첫 단락, 첫 문장에 많은 것이 담겨 있다. 하지만 그게 전부는 아니다. 오페라도, 음악도, 영화도, 책도, 처음부터 끝까지 봐야 그 작품을 본 거라고 할 수 있다. 남녀가 부부가 되는 데에도 뜨거운 감정과 자극적인 행복감은 그저 서곡일 뿐이다. 그 다음부턴 서곡과 비슷한 선율이 전개될 수도 있지만 전혀 예상치 못한 선율이 이어질 수도 있다.

그저 인정하고 공존하는 것

부부로 살다 보면 어쩔 수 없이 상대방에 대한 바램이 생긴다. '이 사람이 이랬으면 좋겠는데…… 나한테 좀 맞춰주면 안 되나?' 하는 욕심이 당연히 생긴다. 그리고 그 욕구가 충족이 안 되면 상대방을 탓하고 원망한다. 아마 많은 부부들이 살면서 비슷한 걸 느낄 것 같다. 그 사람의 장점 때문에 그 사람을 좋아했는데 살다 보니 그 장점이 오히려 가장 싫은 단점이 되어버리는 것 말이다. 그럴 때 사람들은 꼭 이런 말을 한다.

"당신 변했어!"

정말 상대방이 변한 걸까? 알고 보면 그 사람의 장점과 단점은 변한 게 아니었을 것이다. 변한 건 상대방이 아니라 내 마음, 내 상황이다. 예를 들어 나는 아내를 처음 만났을 때 성격이 털털하고 포용력이 강한 사람이어서 좋았다. 그런데 시간이 지나니까 털털함이 무심함인 것 같고, 포용력 넓은 인간관계가 버거울 때도 있었다. 반대로 아내는 아내대로 이것저것 멀티플레이를 하는 나 때문에 힘들어했다. 그게 내 매력이기도 했겠지만 상대방을 힘들게 하는 점이기도 했다. 유학 가서 관광가이드를 하더니 콩쿠르 나가고, 한국 돌아와선 성악만 하는가 싶더니 식당을 차리고, 그러다 방송 섭외를 받아 TV에 나가고…… 남들 보기엔 잘 이해도 안 되거니와, 얼핏 보면 별 볼 일 없는 사람 같은데 계속 뭔가 새로운 일을 벌인다. 평소에도 머릿속에 너무 많은 게 들어 있어, 화요일에 아내와 점심 데이트를 가놓고는 다음 주 연주 일정과 여러 스케줄 생각하면서 우리 가게 메뉴 고민하고 앉아 있다. 심지어 운전할 땐 내내 딴 생각을 하기 때문에 내비게이션 없이는 길도 못 찾는다. 동시에 여러 가지를 멀티로 하니 먹고 사는 데 도움이 될 때도 있지만 배우자로선 감당하기 버거울 때도 많았을 것이다. 이런 점들이 내 장점이자 동시에 단점이다. 아내는 이런 나 때문에 고마워하면서도 스트레스 받는다.

서로의 장단점 때문에 우린 참 많이 싸우고 살았다. 도대체 이해가 안된다며 얼마나 다퉜는지 모른다. 그러나 다툼의 세월이 지나고 나니 이젠 상대방의 장단점을 '그러려니' 하고 보는 단계가 됐나 보다. 어느 정도 포기할 건 포기하고, 그러다 또 다음 단계로 가면 그냥 서로를 인정하고 있는 그대로 같이 공존하는 것이다. 백 퍼센트 맞춰줄 수도 없고 백 퍼센트 포기할 수도 없지만 그냥 각자의 모습으로 있으면서 익숙해지는 것이다. 그런 다름을 끝끝내 인정하지 못하는 부부들은 점점 불행해지는 것 같다.

두 사람의 탱고처럼, 서로 다른 맛의 아포가토처럼

서로 다른 남녀가 호흡을 맞추고 한 팀이 되어 함께 움직이는 것. 부부 사이란 꼭 '네 다리 사이의 예술'이라고 불리는 탱고를 닮았다. 탱고는 춤을 가리키는 말이기도 하고 그 춤을 출 때 연주하는 음악을 가리키는 말이기도 한데, 내가 무척 좋아하는 탱고음악의 거장 중에 카를로스 가르델 Carlos Gardel, 1887~1935이라는 사람이 있다. 그가 만들고 부른 수많은 탱고 음악 중에 가장 유명한 곡은 알 파치노가 시각장애 퇴역 장교로 나온 〈여인의 향기〉라는 영화에 삽입된 '간발의 차이로Por una cabeza'라는 곡이다.

카를로스 가르델은 탱고 음악가가 되기 전에 원래 바리톤 성악가였다. 프랑스에서 태어나서 어릴 때 아르헨티나로 건너가 성악가로 데뷔했다가 탱고 가수가 되었는데, 무명시절엔 오페라 극장 뒤편에서 막 올리는 허드렛일을 하다 오페라의 매력에 푹 빠졌다고 한다. 이후 탱고 가수가 되면서 그는 탱고의 역사를 완전히 뒤집어놓았다. 그 전까지 탱고는 그저 춤을 위한 배경음악 정도였는데 그가 '노래하는 탱고음악', 즉 '탱고 칸시온Tango Cancion: 가사가 있는 노래의 탱고' 장르를 새로 만들면서 듣는 음악, 부르는 음악으로서의 탱고가 전 세계 사람들을 사로잡았다.

그는 수백 곡의 탱고 곡을 만들었을 뿐만 아니라 직접 부르기도 했고 여러 편의 영화에도 출연해 큰 인기를 끌었다. 그런 곡들 중 '당신이 나를 사랑하게 되는 날El dia que me quieras'이라는 달콤한 노래가 있다. 카를로스 가르델 본인이 직접 불렀고 같은 제목의 영화에도 주연으로 출연했다. 탱고 음악 중에는 베이스나 바리톤 같은 저음역대 가수가 부르기 적합하지 않은 곡들도 많은데, 바리톤인 카를로스 가르델이 부른 노래들은 중저음역대 성악가들도 즐겨 부르곤 한다. 나 역시 음악회에서 이 곡을 부른 적이 있다.

이 노래를 부를 때면 나는 우리 부부의 결혼식 날이 떠오른다. 그날의 설렘, 두근거림이 되살아난다. 결혼이란 사랑에 빠진 두 남녀가 제도권으로 들어선다는 걸 뜻한다. 남녀가 부부로서, 남편과 아내로서 함께 서는 첫 번째 날이 바로 결혼식 날이다. 결혼식 날 나는 그 전에는 한 번도 느껴보지 못한 새로운 종류의 설렘을 느꼈다. 우리만의 '웨딩 데이'라고 지정하는 날이 생긴다는 게 뭔가 커다란 안정감을 줬다. 그 첫날이 숭고하고 의미 있고 가슴 떨리는 날이라는 생각이 들었다. 한 여자로서의 내 아내가 한 남자로서의 나한테 온 의미 있는 날, 아내로서 남편을 사랑하게 되는 첫 번째 날, 평생의 기념일이 되는 날이 결혼식 날이다. '당신이 나를 사랑하게 되는 날'이라는 노래 제목과 딱 어울린다. 그래서 이 곡에 대해 이야기할 때 나는 '그녀가 내게 온 날'이라고 의역해서 설명하기도 한다. 실제로 이 노래는 결혼식 축가로도 무척 사랑받는 곡이다.

240

El día Que Me Quieras

당신이 나를 사랑하게 되는 날

Acaricia mi ensueño el suave murmullo de tu suspirar.

¡como ríe la vida si tus ojos negros me quieren mirar!

Y si es mío el amparo de tu risa leve que es como un cantar,

ella aquieta mi herida, ¡todo, todo se olvida!

El día que me quieras, la rosa que engalana,

se vestirá de fiesta con su mejor color.

Al viento las campanas dirán que ya eres mía

Y locas las fontanas se contaran su amor.

La noche que me quieras, desde el azul del cielo,

las estrellas celosas nos mirarán pasar

Y un rayo misterioso hará nido en tu pelo

luciérnaga curiosa que verá ¡que eres mi consuelo!

당신의 숨결을 타고 흐르는 부드러운 속삭임이 내 꿈을 쓰다듬네요

만일 당신의 검은 눈동자가 나를 바라본다면

인생은 얼마나 행복할까요?

그리고 노래하듯 가벼운 당신의 웃음이 나의 피난처가 될 수 있다면

그것은 나의 상처를 달래고 모든 것들을 잊게 만들겠지요!

당신이 나를 사랑하게 되는 날, 장미들은 마치 축제를 하는 것처럼

가장 아름다운 색깔의 옷을 입고 치장할 거예요

그리고 지나가는 바람에게 교회의 종들은

당신이 이미 내 것이라고 속삭일 거예요

그리고 세차게 뿜어 나오는 샘물은 당신의 사랑을 이야기하겠죠

당신이 나를 사랑하게 되는 날, 밤하늘의 푸르른 곳에서

질투에 휩싸인 별들이 우리를 내려다볼 거예요

그리고 한줄기 신비로운 빛이 당신의 머리에 둥지를 틀고

호기심 많은 반딧불은 당신이 나의 위안이라는 것을 알게 되겠죠!

결혼이라는 새로운 시작을 하게 된 남녀에게 이 아름다운 노래를 들려 준다면, 그 순간 그들 앞의 테이블에는 아포가토affogato가 있었으면 좋겠 다. 이탈리아어로 '끼얹었다'라는 뜻의 아포가토는 차고 달콤한 바닐라 아 이스크림 위에 뜨겁고 쓴 에스프레소를 부어 내는 후식을 말한다. 요즘엔 국내 커피전문점이나 디저트 가게에서도 흔히 접할 수 있게 되었다.

이 아포가토는 시작하는 부부를 꼭 닮았다. 아이스크림은 차갑고 에스 프레소는 뜨겁다. 아이스크림은 달콤하고 에스프레소는 쓰다. 아이스크림 은 하얀색이고 에스프레소는 검정색이다. 둘이 극단적으로 다르다. 섞이면 안 될 것만 같다. 그런데 이렇게 다른 둘이 만나면 모든 게 반반씩 양보가 된다. 뜨겁고 차가운 온도, 단 맛과 쓴 맛, 희고 검은 색깔, 고체와 액체의 점도, 이 모든 게 서로 조화가 되고 양보가 된다. 서로 다르게 때문에 오히 려 달콤 쌉쌀한 기막힌 후식이 되어 미각을 사로잡는다.

달고도 쓴 아포가토를 혀 안에서 음미하다 보면 부부라는 게 꼭 이런 것 같다. 에스프레소도, 아이스크림도, 만나기 전까지는 각자 개성이 강하고 각각 의미가 있는 음식인데, 이 둘을 섞으면 각자의 성질이 포기되고 양보 되면서도 각자의 맛이 살아 있는 또 다른 근사한 후식이 탄생한다. '양보' 라고 표현했지만 큰 그림으로 보면 양보란 결국 '화합'이다. 이런 게 바로 부부의 탄생 아닐까?

꿈을 찾아 헤매는 이 시대 청춘에게

: 베르디 〈나부코〉의 〈히브리 노예들의 합창〉과
마르게리타 피자

같은 역사, 다른 음악

매년 1월 1일 새해 첫날의 오전 11시 15분이 되면 빈 필하모닉 오케스트라는 신년음악회를 개최한다. 경쾌한 왈츠와 희망찬 곡들을 연주하는 이 신년음악회는 2차 세계대전 전부터 시작돼 연례행사처럼 지금까지 매년 열린다. 연주회 실황이 TV와 라디오 등으로 전 세계에 위성 생중계될 정도로 무척 유명한 음악회이다.

빈 필의 신년음악회가 특히 유명한 건 앙코르 연주 때문이다. 본 연주가 모두 끝나고 나면 관객들의 박수와 환호성이 이어지고, 마치 무언의 약속을 한 것처럼 앙코르 곡이 연주된다. 이때 가장 많이 연주되는 곡은 요한 슈트라우스 1세가 작곡한 '라데츠키 행진곡Radetzky March'이다.

'라데츠키'는 19세기 오스트리아의 장군이자 국민 영웅으로, 요한 슈트라우스 1세가 그를 기리기 위해 곡을 만들었다. '빠라밤 빠라밤 빰빰빠밤~' 하고 곡이 시작되면 벌써부터 관객들은 들썩거리며 박수를 친다. 이때 지휘자는 단원들이 아닌 청중 쪽으로 몸을 돌려 지휘를 한다. 처음엔 박수를 못 치게 하다가 점차 큰 소리로 박수를 유도한다. 정말 유쾌하고 신나는 이벤트다.

얼마 전 한 음악회에서 진행과 해설을 맡게 되었는데, 이날 마침 '라데츠키 행진곡'이 연주되었다. 이 신나는 행진곡을 설명하면서 나는 이런 멘트를 덧붙였다.

"그런데 사실 우리나라 사람들은 〈라데츠키 행진곡〉보다는 〈히브리 노예들의 합창〉이 더 와닿을 겁니다."

오스트리아 장군인 라데츠키는 당시 이탈리아를 압제했던 인물이다. 한때 오스트리아 영토였던 북부 이탈리아 및 베네치아, 롬바르디아를 다스렸다. 이탈리아 사람들이 독립운동을 일으켜 이탈리아와 오스트리아 사이에 전쟁이 벌어지자 그는 이탈리아 혁명군을 무찌르고 독립운동 하는 사람들을 탄압했다. 그래서 〈라데츠키 행진곡〉은 오스트리아인 입장에서는 애국가 같은 곡이고 기분 좋은 곡이지만, 이탈리아인 입장에서는 되게 기분 나쁜 곡일 수 있다. 더구나 세계적으로 유명한 신년 음악회에서 매년 이 곡을 연주한다는 게 이탈리아 사람들에겐 썩 즐겁지만은 않을 것이다.

이탈리아가 오스트리아 치하에서 탄압을 받으며 조국의 독립을 열망하고 있을 때, 이런 이탈리아인의 간절한 염원을 담은 아름다운 음악이 이탈리아 작곡가에 의해 탄생했다. 바로 베르디의 오페라 〈나부코〉에 나오는 '히브리 노예들의 합창가라, 내 마음이여, 금빛 날개를 타고 Va, pensiero, sull'ali dorate'이다. 오페라 제목 '나부코Nabucco'는 구약성경에 나오는 바빌로니아의 왕 이름느부카드네자르 2세의 이탈리아식 이름으로, 기원전 6세기 나부코가 다스리던 바빌로니아에 잡혀가 혹독한 노역을 하며 노예로 살던 히브리 사람들의 이야기이다. 히브리인들이 힘든 노예생활을 하다 자유와 조국을 그리워하는 마음을 담아 부르는 노래가 바로 〈히브리 노예들의 합창〉이다.

1842년 밀라노 라 스칼라 극장에서 이 오페라가 초연되었을 때부터 이 곡은 이탈리아 청중들의 앙코르 요청을 받았다. 오스트리아로부터의 독립과 해방을 꿈꾸며 압제 속에서도 희망을 잃지 않게 했던 노래였던 것이다. 이후 이 곡을 앙코르로 한 번 더 연주하는 것이 전통이 되었다. 지금도 스칼라 극장에서 이 곡을 연주하면 이탈리아인들은 전부 다 기립해 눈물을 흘리며 노래를 따라 부른다. 이탈리아인들의 실질적인 애국가나 마찬가지다.

젊은 나이에 아이들과 아내를 연달아 잃고 실의에 빠져 있던 베르디는 이 오페라의 대본을 읽자마자 감동해서 이렇게 기록했다. "성급하게 대본을 넘겨보다가 '가라, 내 마음이여, 금빛 날개를 타고'에 이르자 가슴속에서 벅찬 감동이 차올랐다. 잠자리에 누웠지만 흥분으로 잠이 오지 않아 다시 일어나서 대본을 읽었다." 그렇게 해서 탄생한 〈나부코〉로 인해 그는 음악가로서 큰 성공을 거두고 이탈리아 오페라 역사를 바꿔놓았다. 베르디의 장례식 때 그를 기리며 토스카니니가 지휘한 곡도 바로 '히브리 노예들의 합창'이었다.

이렇게 그 당시의 역사 안으로 조금만 들어가 보면 동시대에 전혀 다른 음악이 나왔다는 걸 알 수 있다. 각기 다른 입장의 두 나라가 음악으로 다른 이야기를 하고 있는 거다. 하나는 압제하는 나라의 음악이고, 하나는 그 압제 속에서 희망을 꿈꾸는 음악이다. 그래서 나는 우리나라 사람들 마음에 더 와닿고 우리 현실에 더 가까운 음악은 아무래도 '라데츠키 행진곡'보다는 '히브리 노예들의 합창'이라고 말한 것이다.

지금 내가 가진 본질이 뭔지

〈인간극장〉이 방영되고 나서 하루는 어떤 젊은이가 나를 찾아왔다. 대학 때 성악을 전공하고 지금은 다른 일을 하고 있는데 다시 노래를 하고 싶다고, 자기 노래를 한 번만 봐달라고 말이다. 일부러 식당까지 찾아온 사람을 그냥 돌려보낼 순 없었다. 그의 노래를 듣고 나서 이런 이야기를 해주었다. 뭔가를 덧붙이기 전에 버리는 게 더 중요하다고. 그렇게 말해준 이유는 그가 소리를 멋있게 내려고 너무 애쓰는 바람에 원래 갖고 있던 자기 음색을 제대로 내지 못하고 있어서였다.

좋은 발성을 가지고 있는 것과, 좋은 발성을 가지고 있는 척 애쓰는 것은 다르다. 나는 그가 '척하는' 것을 내려놓기를, 지나친 뜨거움과 들뜸을 가라앉히길 바랐다. 그래야 진짜 자기 목소리를 낼 수 있다. 그래야 자신이 진짜 원하는 것이 뭔지, 자기 노래에 확신이 있는지 없는지를 알 수 있다.

물 중에 지장수라는 물이 있다. 황토에 물을 부으면 처음엔 부연 흙탕물이 된다. 황토가 바닥까지 완전히 가라앉고 윗물이 깨끗해지려면 미동도 없이 며칠 놔둬야 하는데, 그렇게 놔두면 더러운 성분이 다 가라앉아 깨끗한 물을 얻게 된다. 이 물을 지장수라고 하는데 옛날부터 해독 등 여러 가지 효능을 지녔다고 알려져 있다. 이 물을 얻기 위해서는 뭔가를 하는 게 아니라 아무것도 안 하고 기다려야 한다. 기다려야 맑은 물을 얻는다. 기다려야 본질이 나온다. 나는 성악도, 음식도, 그런 차원에서 접근해야 한다고 생각한다. 알리오 올리오의 본질이 대단한 비법 레시피에 있는 게 아니라 마늘과 올리브유에 있는 것처럼.

억지로 멋 부린다고 좋은 목소리가 나오는 건 아니다. 뭔가 기교를 자꾸 덧칠해야 좋아지는 게 아니라 오히려 나쁜 버릇들을 가라앉혀야 소리가 더 좋아진다. 멋진 소리란 자연스러운 소리이고, 소리가 자연스러우려면 호흡도 자연스러워야 한다. 이때 '자연스러운' 것과 '자연스러워 보이려고' 하는 것은 전혀 다른 차원이다. '자연스러워 보이려고' 하면 오히려 긴장이 되고 힘이 들어간다. 진짜 센 것과 '센 척' 하는 게 다른 것처럼 말이다. '센 척' 하는 사람은 자기가 사실은 세지 않다는 걸 알기 때문에 속으로 엄청난 공포를 감추고 있다. 진짜 센 사람은 굳이 에너지를 표출해서 센 모습을 남에게 보여주지 않아도 된다. 노래 부르는 것도 마찬가지이다. 그리고 이런 건 기교를 배운다고 해서 하루아침에 얻어지는 건 아니다.

그는 나에게 레슨을 받고 싶다고도 했다. 하지만 나는 성악 레슨을 하는 사람이 아니기에 거절했다. 그를 보내고 나서 조금은 안타까운 마음도 들었다. 어쩌면 그는 '다시 성악을 해도 될 만큼 네 목소리가 위대하다'라는 소리를 듣고 싶었거나, 혹은 '형편없으니까 때려치워라'라는 소리를 듣고 싶었던 건 아닐까? 어쩌면 그는 성악에 대한 조언보다도 누군가의 확답이 필요했던 건 아닐까? 하지만 내가 해줄 수 있는 말은 이것밖에 없었다. 당신이 정말 원하는 게 뭔지 남에게 묻지 말고 스스로에게 물어보라고.

한때 유행했던 드라마 대사 중에 "나 너 좋아하냐?"라는 말이 있었다. '너 나 좋아하냐'라고 안 하고, '나'에 대해 상대방에게 물어본다. 엉뚱하면서도 센세이션을 불러일으켰던 대사인데, 나는 이 말이 꼭 요즘 청춘들의 모습 같다는 생각이 들었다. 내가 너를 좋아하는지 아닌지 확신을 하지 못해 그 확신을 외부에서 구하려 한다. 자신의 선택에 대한 확신이 없는 청춘들. 무슨 꿈을 꿔야 하는지도 몰라 불안해하거나 의욕 없이 사는 청춘들. 그런 모습들을 보면 안타깝고 마음 아프게 느껴진다.

나는 기성세대가 젊은 사람들한테 말할 때 흔히 하는 "우리 때는 말이야!"라는 말을 정말 싫어한다. 우리 때는 우리 때일 뿐이고 지금의 젊은 세대는 처한 상황이 또 다르다. 다만 나도 청년기를 지나왔기 때문에 청년의 심정이 어떤지 알 뿐이다. 미래를 알 수 없고, 지금 내가 한 선택으로 인해 미래가 지금보다 나아질지 확신할 수 없었던 건 나도 마찬가지였다. 미래는 누구도 알 수 없는데 오늘보다 내일 더 나아질 거라고 어떻게 확신할 수 있겠는가? 한마디로 내일 당장 죽을지 어떻게 알겠는가?

내 생각에 행복이란 미래가 아니라 현재에 있다. 불행한 사람은 오늘을 생각 안 하고 오로지 미래만 생각한다. 일주일 뒤, 한 달 뒤, 1년 뒤, 먼 훗날만 생각한다. 사람은 한 시간 후에 어떻게 될지도 예측할 수 없는 존재이니 미래만 생각하는 사람은 매사에 확신을 하지 못하는 것이다. 자기가 선택한 것에 대해서도 확신을 하지 못해 자꾸 외부의 확신을 구하려고 한다. 미래를 불안해할 시간에 그저 오늘을 치열하게 살면 굳이 타인에게서 답을 들어야 할 이유도 없을 텐데 말이다.

미래에 대한 꿈도 마찬가지다. 꿈이란 언젠가 미래에 이루는 게 아니다. 그냥 오늘 채우는 것이다. 매일매일 일기장을 채우고, 그 일기장을 다 쓰면 또 다른 일기장을 채우고, 그렇게 오늘 채워가는 일기장이 어느 순간 꿈과 가까워진다. 언제까지? 죽을 때까지 채운다. 그래서 채우는 걸 멈추면 꿈도 멈춰버린다. 허무맹랑한 미래만 꿈꾸느라 오늘을 놓쳐버리면 뭘 해도 불만족스럽고 뭘 해도 의욕이 안 생긴다. 그러면 꿈도 더 멀어진다.

어떻게 보면 청춘이란 승리자의 '라데츠키 행진곡'보다는 자유와 해방을 꿈꾸는 자들이 부르는 '히브리 노예들의 합창'에 가깝다. 그런데 현실을 부정하고 꿈도 꾸지 않고 그냥 처음부터 승리자의 음악만 들으려고 하면

'자연스러운' 것과
'자연스러워 보이려고' 하는 것은
전혀 다른 차원이다.

'자연스러워 보이려고' 하면
오히려 긴장이 되고 힘이 들어간다.

진짜 센 것과 '센 척'하는 게
다른 것처럼 말이다.

삶이 허무맹랑해진다. 자기가 정말 원하는 것이 뭔지도 모르게 되고, 오늘의 행복도 깨닫지 못하게 된다.

가지고 있는 재료 그대로

오래전 나폴리에서 열리는 콩쿠르에 나갔을 때다. 조그만 차를 몰고 나폴리 시내로 들어갔는데 골목이 하도 복잡해서 몇 바퀴나 돌고 나서야 목적지에 도착했다. 힘들게 나간 콩쿠르였지만 결과는 별로 안 좋았다. 탈락 소식을 접하고 잠시 실망했지만 '기왕 온 김에 피자나 먹으러 가자!' 하고 시내 피자집으로 향했다. 이탈리아 생활을 시작한 후 그 유명하다는 나폴리 피자를 나폴리 본토에서 드디어 처음으로 먹어보게 된 것이다.

피자 가게에 들어가 우선 가장 대표적인 마르게리타 피자를 시켰다. 모양새는 정말 소박했다. 밀가루를 대충 빚은 것처럼 못 생겼고, 도우 아래쪽은 군데군데 탔고, 치즈 외에 토핑이라곤 뻘건 토마토에 초록색 바질이 전부였다. 그런데 세상에, 눈이 번쩍 뜨일 만큼 맛있는 게 아닌가! 순식간에 한 판을 해치웠다. 이걸 먹고 나니 이탈리아 도착하자마자 페루지아에서 아내랑 먹었던 그 엄청난 안초비 피자가 떠올라 '피자 나폴레타나'도 추가로 시켰다. 갓 구워 나온 나폴레타나 한 조각을 베어 무는 순간 내 입 안에서 신세계가 열렸다. 이게 이렇게 맛있는 피자라니! 입 안에 짠 맛이 쫙 돌다가 그 뒤에 단 맛이 이어지는 게 얼마나 환상적이던지! 예전에 먹고 밤 새 토했던 그 피자가 아니었다. 이야! 이래서 나폴리피자, 나폴리피자 하는 구나!

토마토, 바질, 모차렐라 치즈만으로 만드는 마르게리타 피자의 일화는 유명하다. 1889년 왕과 왕비가 나폴리를 방문하자 당시 나폴리 최고의 요 리사였던 라파엘레 에스포지토Raffaelo Esposito가 왕 내외를 위한 피자를 만 들었다. 그가 만든 나폴리 전통 피자 중 오로지 밀가루, 치즈, 토마토, 바질 만으로 만든 피자를 맛본 왕비는 그 맛에 너무나 감동하며 요리사에게 칭 찬을 아끼지 않았다. 바질의 녹색, 치즈의 흰색, 토마토의 빨간색은 이탈리 아 국기 색깔이기도 했다. 왕비는 이 피자에 자신의 이름을 붙이도록 허락 했고 이후 이 피자는 왕비의 이름인 마르게리타Margherita라고 불리게 되었 다고 한다.

나폴리와 이탈리아를 대표하는 이 피자는 알고 보면 서민의 음식이나 다름없었다. 누구나 집에 갖고 있을 법한 가장 흔하고 간단한 재료로만 만 든 것이다. 가장 간단하지만 어떻게 보면 굉장히 위대한 요리, 최소한의 재 료만을 가지고 요리사가 창의성을 발휘해 만든 음식. 그래서 마르게리타 피자는 음식의 본질이 어떤 것이어야 하는지를 말해준다.

참 만들기 쉬워 보여도 마르게리타 피자를 제대로 만든다는 건 쉬운 게 아니다. 흉내는 낼 수 있을지 몰라도 본질을 그대로 지키기는 어렵다. 이탈 리아 정부와 피자 협회는 마르게리타 피자의 전통을 지키기 위해 나폴리 3

대 피자의 하나로 지정하고, 재료와 레시피도 엄격한 기준을 정했다. 반죽은 손으로 해야 하고, 도우 두께는 2cm가 넘으면 안 되며, 모차렐라 치즈도 이탈리아산, 그중에서도 아펜니노 산맥 남부에서 나는 치즈만 사용해야 하고, 구울 때도 장작 화덕에만 구워야 하고 등등…… 나폴리 사람들은 이 규정에 하나라도 어긋나면 아무리 겉모습이 비슷해도 마르게리타 피자라고 인정하지 않는다. 그들이 이런 까다로운 규정을 만든 건 이 피자의 본질을 지키기 위해서다. 누구나 흉내 내서 비슷하게 만들 수는 있어도, 그들이 역사를 통해 지키고 가꿔온 것, 그 본질을 존중한다는 건 흉내만으로 할 수 있는 게 아니다.

사는 것도 이와 같다. 아무리 가진 게 없더라도 그 안에서 자기가 할 수 있는 최선을 다해야 하는 게 현실이다. 더구나 청춘은 그런 하루하루를 견뎌내야 한다. 아무리 열악한 상황에서도 그 사람만의 창의성이 발휘된다면 그 어떤 것보다 위대한 걸 만들어낼 수 있다. 마르게리타 피자는 이탈리아의 수많은 요리 중에서도 청춘을 위한 인생의 해법이 담겨 있는 음식이라는 생각이 든다.

중년의 실패를 경험한 친구에게

: 스틸하트의 〈쉬즈 곤〉과
포르게타

남자끼리 부르는 남자 노래

서해안에 인천국제공항이 들어서기 직전의 이야기다. 해질 무렵이면 낙조가 장관이고, 지금은 다 매립되어 없어진 서해안의 작은 섬들이 무척 아름다웠다. 당시 군대에서 초소근무병이었던 나는 매일 저녁 해지기 직전 서해안의 멋진 풍경에 잠시 넋을 잃곤 했다. 초소에 투입되기 전 음악을 틀어놓고 근무 준비를 했는데 해지는 풍경을 보며 듣는 그 음악은 왠지 더 낭만적이었다. 함께 근무를 준비하는 동료와 무슨 뮤직비디오라도 찍는 것처럼 괜히 폼을 잡기도 했다. 혈기왕성한 청년이었던 우리를 잠시 위로해주던 그 음악은 미국 메탈그룹 스틸하트Steelheart의 '쉬즈 곤She's gone'이다.

'She's gone~ out of my life~'

우리나라 남자들 치고 젊었을 때 노래방에서 이 노래 한 번 안 불러본 사람은 없을 것이다. 클라이맥스 부분에서 엄청나게 고음으로 올라가기 때문에 베이스인 나는 사실상 부를 수 없는 노래지만, 군 시절 함께 했던 친구와는 술 한잔 하고 노래방 가서 어깨동무하고 목이 찢어져라 이 노래를 부른 적도 있다.

남자들의 군 생활이 지옥 같이 힘들다고는 하지만 그래도 그때를 생각하면 힘들었던 것들도 다 추억이라는 생각이 든다. 추억으로 남을 수 있었던 건 그 시절 청춘을 함께 보낸 현석이라는 군대 동기가 곁에 있었기 때문이다.

군 입대 전에 현석이는 걸핏하면 주먹질이나 하던 사고뭉치였다고 한다. 그런데 내 눈에는 왠지 모르게 여리고 순수하고 착한 놈으로 보였다. 그래서 우리 둘은 자연스럽게 친해지게 되었다. 한번은 이 친구가 욱하는 성질에 장교에게 주먹질을 한 사건이 벌어졌다. 왜 그랬는지는 잘 기억나지 않지만 어쨌든 하극상이라 영창 갈 수도 있는 상황이었던 것 같다. 나는 이 친구를 그대로 내버려둘 수 없다는 생각에 무작정 중대장을 찾아가 무릎을 꿇었다.

"제발 용서해주십시오. 제가 이 친구를 대신해서 군장 100바퀴를 돌겠습니다."

그러자 한동안 나를 내려다보던 대장이 이렇게 말했다.

"군인은 절대 무릎을 꿇지 않는다. 그럼에도 불구하고 네가 동기를 위해 무릎을 꿇었다는 건 그만큼을 감수할 각오를 하고 찾아온 것일 테니 이번 일은 용서하겠다."

다행히 현석이가 영창에 가는 일은 벌어지지 않았고, 사건의 장본인인 장교가 오히려 다른 곳으로 전출되는 조치가 취해지면서 일은 무마가 되었다.

내일이 없는 나이, 중년

현석이와 나는 그 일이 있은 후로 더욱 절친이 되었다. 게다가 사고뭉치였던 놈이 내가 하는 말이면 무조건 고분고분 듣는 순둥이로 변했다. 제대 후 각자의 삶으로 돌아가 나는 성악의 길을 가고 그 친구는 생업전선에 뛰어들었다. 입대 전과 달리 그는 그 후 건실하게 살며 작은 사업도 하고 장가도 갔다. 나의 이탈리아 유학 시절엔 한동안 잘 못 만나다가, 둘 다 불혹을 훌쩍 넘긴 나이에 다시 만나게 되었다. 내가 '오스테리아308'을 차린 지 얼마 안 되었을 무렵 이 친구는 연탄불 삼겹살집 사장님으로 바쁘게 살고 있었다. 장사가 잘 돼 늘 손님으로 문전성시를 이루는 집이었다. 반면 우리 가게는 오픈 초기에 아직 입소문도 안 나고 위치도 시내 중심지가 아니라서 손님이 많지 않았다. 특히 월요일 저녁 같은 때는 손님이 아예 한 명도 안 오는 날도 있었다. 그럼 나는 초조해하는 대신 아내에게 슬쩍 이렇게 말했다.

"오늘은 현석이네나 갈까?"

그렇게 아내와 아들을 데리고 현석이네 고깃집으로 넘어가서 세 식구가 배부르게 외식을 했다. 친구네 식당이어서가 아니라 고기도 정말 맛있고 가격도 저렴했다. 어떻게 보면 우리 식구가 그 집에 고기를 먹으러 갔다는 건 반대로 그날 우리 집 장사는 안 됐다는 뜻이다.

그의 식당은 점점 번창하는 것 같았다. 심지어 강남에 2호점까지 냈다. 그런데 뜻밖의 일이 벌어졌다. '김영란 법'이 생기면서 우리나라의 접대 문화, 회식 문화에 변화가 생기기 시작한 건 좋은 일이었는데 본의 아니게 직격탄을 맞은 사람들이 있었다. 바로 식당을 운영하는 자영업자들이다. 사람들이 회식을 확 줄이면서 많은 식당들이 그 영향을 받은 것이다. 심지어 우리 가게도 일시적으로 매출이 줄었을 정도다. 강남 쪽의 많은 음식점들도 휘청하거나 문을 닫은 곳도 많았다. 현석이네 가게도 예외는 아니었다. 하필이면 그 시기에 2호점을 오픈하느라 본점에 신경을 덜 쓰고, 2호점은 2호점대로 장사가 안 되면서 결국은 두 지점 모두 문을 닫는 안타까운 사태가 벌어졌다. 장사 잘 되던 고깃집 사장이 하루아침에 빚더미에 올라앉았다. 처자식을 먹여 살리기 위해 막일도 마다않고 다시 일어서려 노력하는 친구를 보며, 내가 해줄 수 있는 게 아무것도 없어 너무 마음이 안 좋았다. 그런데도 전화통화를 하면 항상 "죽기야 하겠나? 걱정하지 마라!" 하고 밝게 웃으면서, "너는 우리 식당에 와줬는데 나는 네 식당에 못 가봤네."하며 오히려 미안해하는 것이었다.

어설픈 위로의 말 한마디도 조심스러워 해주지 못했지만, 친구가 겪은 일은 얼마든지 나한테도 일어날 수 있는 일이다. 오픈하고 나서 그동안에도 늘 위기가 있었고 앞으로도 언제 위기가 닥칠지 모른다. 요식업이라는 게 얼마나 힘든 일인지를 나도 해보고 나서야 몸소 배웠다. 막연히 '식당 사장 하면 돈 많이 벌겠지'라는 생각으로 뛰어들면 안 된다는 것을 말이다. 더구나 이런 일을 중년이라는 나이에 겪는다는 게 어떤 의미인지, 내가 중년이 되고 나니 비로소 알 것 같다. 흔히 마흔 살을 '불혹'이라고 해서 유혹에 흔들리지 않는 나이라고 한다. 한창 젊을 때보다 덜 흔들리는 건 맞다. 그러나 한 번만 흔들려도 큰일이 나는 나이, 타격이 큰 나이이기도 하다.

남자들이 40대가 되면 더 이상 자기 혼자만 생각하고 살기 어렵다. 이때쯤 되면 가족에게 멋있는 아빠, 멋있는 남편이고 싶어진다. 그런데 그걸 가로막는 게 대부분은 돈이다. 뭔가 잘해보고 싶은데 현실의 벽, 돈의 벽이 항상 가로막는다. 그래서 가족에게 맨날 미안하기만 하다. 이 나이에 누구 밑에 들어가 직장생활을 처음부터 다시 시작하기도 애매하고, 용기를 내면 된다고 하지만 용기보다 더 많은 게 필요한 나이이다. 아니, 오히려 새로운 걸 시작하는 '용기'보다 현실과 타협하는 '포기'가 더 필요한 나이일 수도 있다.

마흔 즈음의 절망, 그리고 새로운 길

식당 때문은 아니었지만 나 또한 오랜 시간 좌절하며 보냈다. 식당을 오픈하기 전, 귀국해서 성악가로만 살던 시절 얘기다. 이탈리아에서 30대를 보내고 우리나라로 돌아왔을 때 이미 난 내일 모레 마흔이었다. 그 나이에 원점에서 다시 시작하는 거나 마찬가지였다.

성악가라고 하면 사람들은 막연히 뭔가 우아하고 멋진 삶을 살 거라고 상상할지도 모른다. 그러나 극소수의 성악가를 제외하고는 현실은 그저 일자리와 수입이 불안정한 비정규직일 뿐이다. 운 좋게 주로 국립과 시립오페라단의 오페라공연에 캐스팅되어 연주활동을 했지만, 어떤 공연에 캐스팅이 되면 공연 끝나는 날까지 길어야 3개월의 계약기간 동안만 그 오페라단 소속 가수로 활동한다. 계약기간이 끝나고 나면 다시 다른 작품과 계약해야 한다. 누군가 나를 안 불러주면 그 동안은 백수나 마찬가지라는 점에서 연예인과도 비슷하다. 오페라 스케줄이 계속 이어지더라도 베이스는 대개 조연이나 단역이어서 급여가 상대적으로 많은 편이 아니고, 오페라 외의 공연들도 테너, 소프라노에 비해서는 기회가 많은 편이 아니다. 몇 달간 꼬박 공연에 매달려도 생계는 늘 위태위태할 수 있다는 뜻이다. 그러면 학생들 레슨이라도 해야 돈을 버는데 나는 아이들 가르치는 데 소질이 없어서 레슨도 안 했다.

이탈리아의 여러 콩쿠르에서 좋은 성적을 거두고 귀국해 국립과 시립에서 활동했던 5년의 세월이 실상은 이랬다. 늘 연습과 연주 때문에 바쁘면서도 가장으로서 생활을 꾸려나가기는 쉽지 않았다. 이탈리아에서 고생했던 아내는 귀국하고 나서 한동안 일당 6만 원짜리 전단지 나눠주는 아르바이트까지 했을 정도다. 그 후에도 아내는 아이들 미술 가르치는 일 등 직장생활을 몇 년 했다.

공연 종료와 함께 계약이 끝나고 다음 일이 없을 때면 정말 비참하기 짝이 없었다. 아이가 등교하고 아내도 출근하고 나서 혼자 종일 집에 있다 보면 감옥이 따로 없었다. 이탈리아에서는 아무리 힘들어도 뭔가 희망을 향해 전진하는 느낌이었는데, 한국에 돌아오니 갑갑한 감옥이 기다리고 있을 줄 몰랐다. 좌절감이 너무 커서 더 이상 미래도 없는 것만 같았다. 한동안 우울증에도 시달렸다. 이런 좌절 속에서 운명처럼 떠오른 새로운 돌파구가 식당이다.

"맞다! 나 맨날 '나중에 식당 차리면'이라는 말을 입에 달고 살아왔잖아!"

번뜩 이런 생각이 떠오르고 나자 그 다음부터 완전히 새로운 길이 열렸다. 지금 식당이 있는 위치가 하남 외곽의 도로변이라 일부러 찾아오기 전엔 손님이 오기 힘든 곳인데도 딱 거기여야 할 것 같은 느낌이 왔다. 가게 오픈까지 불과 한 달밖에 안 걸렸다. 메뉴판은 하룻밤 만에 완성했다. 머릿속에서 수십 가지 요리의 레시피가 기다렸다는 듯이 줄줄 나왔다.

가게 이름 '오스테리아308'은 이탈리아 식당의 한 종류인 '오스테리아

osteria'에 이곳 번지수 308번지를 붙여 만든 것이다. 이탈리아의 식당에는 각각 등급이 있는데, 흔히 말하는 고급 다이닝 레스토랑은 '리스토란테ristorante', 그 아래가 '트라토리아trattoria'로 그 지역 특색이 있는 전통음식을 판다. 비유하자면 소문난 기사식당처럼 정말 맛있고 저렴한 그 지역 음식을 먹을 수 있다. '리스토란테'는 서비스료, 봉사료가 붙어 음식 값도 더 비싸고 와인도 다 따라주지만, '트라토리아'에 가면 와인 뚜껑만 따주고 손님이 알아서 따라 먹는 식이다. '트라토리아'보다 좀 더 아래가 '오스테리아'인데 주로 작은 호텔에 딸려 있는 간이식당으로 누구나 편안하게 음식과 와인을 먹는 곳이다. 그 밖에도 요깃거리가 되는 간단한 빵과 커피, 음료를 파는 곳은 '바르bar', 피자만 파는 곳은 '피쩨리아'이다.

남녀노소 누구나 편안하게 들러 이탈리아 가정식을 즐겼으면 좋겠다는 마음으로 차린 내 인생의 첫 식당. 오픈 첫날 첫 손님에게 난생 처음 주문을 받는데 마치 그동안 백 번은 해봤던 것처럼 천연덕스럽게 주문을 받고 음식을 만들고 서빙을 했다. 속으로 이렇게 마인드컨트롤을 했다. '첫 손님이지만 101번째 손님인 것처럼. 첫 음식이지만 101번째로 만드는 음식인 것처럼!' 그러자 나 자신도 놀랄 정도로 여유와 자신감이 생겼다. 식당 오픈 전부터 평소 많은 도움을 주셨던 나의 멘토 김후남 셰프님도 놀라워 하셨다. 〈인간극장〉에서 말씀하셨던 것처럼, 과연 저 사람이 처음 하는 식당을 잘 할 수 있을까 생각했는데 참 신기하다고 하셨다.

하지만 사람들이 놀라워한 건 겉으로 보이는 모습 때문일 뿐이다. 사실

나에겐 음식에 대한 오랜 경험이 쌓여 있었다. 내가 사랑하는 이탈리아요리를 이탈리아 현지에서 10년 가까이 먹어보고 다녀보며 체험했고, 그때마다 머릿속에 레시피를 집어넣고, 시행착오를 거듭하며 만들어봤다. 민박집을 하던 2년 동안 우리집에 오는 투숙객들은 나의 요리 실습 대상이나 마찬가지였다. 내가 만든 요리를 대접할 때 사람들이 맛있어 하는 게 너무 좋았다. 사람들의 반응이 좋으면 그 레시피는 잘 정리해두었다. 무슨 목적이 있어서도 아니었다. 이탈리아에 있는 동안 가장 행복한 시간은 아내와 시장 갈 때였다. 식재료가 풍부한 나라라서 시장만 가면 천국에 온 기분이었다. 더 거슬러 올라가면 어릴 때도 요리가 너무나 재미있었다. 아홉 살 때 파스타를 처음 만들어봤다. 누가 시킨 것도 아닌데 집에 있는 요리책에 나온 대로 토마토를 가지고 만들었다. 어머니의 깜짝 놀란 표정이 지금도 기억난다. 열한 살 때는 매운탕도 끓였다. 동네 유료 낚시터에서 잡아온 작은 붕어가 재료였다.

어쩌면 나는 식당 차릴 준비를 평생 하고 있었던 건지도 모른다. 그런데도 요리사가 되어야겠다고 생각한 적이 한 번도 없었다는 건 아이러니한 일이다. 그러다 마흔 넘어 어느 날 식당을 뚝딱 차린 것도, 그것이 중년의 절망 한가운데에서였다는 것도.

바로 먹는 음식, 기다려서 먹는 음식

스무 살 조금 넘어 군대 동기 현석이와 석양을 보며 들었던 노래, '쉬즈 곤'을 부른 스틸하트의 리드보컬 밀젠코 마티예비치를 방송에서 우연히 본 적이 있다. '복면가왕'이라는 TV프로그램에서 우리나라 노래를 멋지게 불러 화제가 되었다. 알고 보니 그는 '쉬즈 곤'으로 한창 잘 나가던 무렵 미국 투어 공연을 하다가 무대장치가 떨어지는 사고 때문에 뼈가 부러지고 머리까지 다쳤다고 한다. 머리를 다치는 바람에 목소리도 전처럼 낼 수 없었고 그룹은 해체되고 재기에도 실패했다. 그런 그가 50대를 훌쩍 넘어 한국에서 방송활동도 하고 앨범도 내며 행복한 얼굴로 노래를 하고 있었다. 청춘을 되찾을 수 없고 예전 같은 전성기도 다시 올 수 없겠지만 그는 현재를 충분히 즐기며 멋있게 살고 있는 것 같았다.

중년의 실패를 겪고 고군분투하는 내 친구도, 중년의 절망 속에서 식당을 차려 이제 겨우 단골손님들의 방문을 받게 된 나도, 당장 내일 어떻게 될지 알 수 없는 건 마찬가지이다. 세상 모든 중년들이 그렇게 살고 있을 것이다. 어깨에 진 짐은 무겁고 현실은 쉽지 않다. 뭔가를 시작하기도 포기하기도 어렵다. 내일 어떤 일이 일어날지 어떻게 알까? 아무것도 장담하면 안 된다. 그래서 언제부턴가 나는 '내일'이라는 단어를 잘 안 쓴다. 오늘만 사는 사람처럼 산다. 그저 아침에 눈 떴을 때 '어, 오늘도 살아 있네!' 하고 거기에 감사한다면 그 하루만큼은 좀 더 행복한 하루가 될 거라고 생각할 뿐이다.

친구에게 도움조차 주지 못하는 처지이지만, 그 친구의 식당에서 먹었던 맛있는 삼겹살을 떠올리며 언젠가 내가 요리한 삼겹살도 대접하고 싶다는 생각을 해본다. 그에게 해주고픈 요리는 '포르게타 porchetta'라는 돼지고기 요리다. 포르게타는 고대 로마 시절부터 해먹던 이탈리아 전통 요리로, 통돼지를 천천히 굽는 것이다. 돼지 속을 비우고 거기에 마늘과 양파, 허브 등을 채운 후 오븐에 넣고 세 시간 동안 익힌다. 원래 옛날에는 꼬치에 꿰어 장작불에 구웠다. 통돼지가 아니더라도 통삼겹살에 허브와 마늘을 말아서 실로 묶은 다음 오븐에 넣어도 된다. 서너 시간이 지나면 꺼내서 얇게 썰어 와인과 먹는데, 겉의 비계는 과자처럼 바삭하고 안에 있는 살코기는 촉촉하게 익어 있다.

친구가 하던 연탄불 삼겹살은 그 자리에서 구워 먹는 직화요리이지만, 내가 만드는 포르게타는 시간과 인내가 필요한 요리다. 같은 고기도 요리사에 따라, 들인 시간에 따라 다른 요리가 된다. 그런 것처럼 우리 인생도 여러 버전이 있다. 긴박하게 일어나는 일도 있지만 기다려야 되는 일도 있다. 익숙하게 잘 하던 요리도 아차 하는 순간에 태워먹을 수 있고, 오늘까지 분명히 성공했는데 내일은 실패할 수 있다. 직화요리처럼 곧바로 오는 성공도 있지만, 포르게타처럼 한참 기다려야만 오는 성공도 있다. 인생은 늘 변화무쌍하고, 새로운 버전들이 또 다시 온다. 이런 마음을 담은 내 요리가 그에게 건네는 말 없는 위로가 됐으면 좋겠다. 너를 믿는 친구가 항상 네 곁에 있다는, 말로는 차마 못해준 편지가 됐으면 좋겠다.

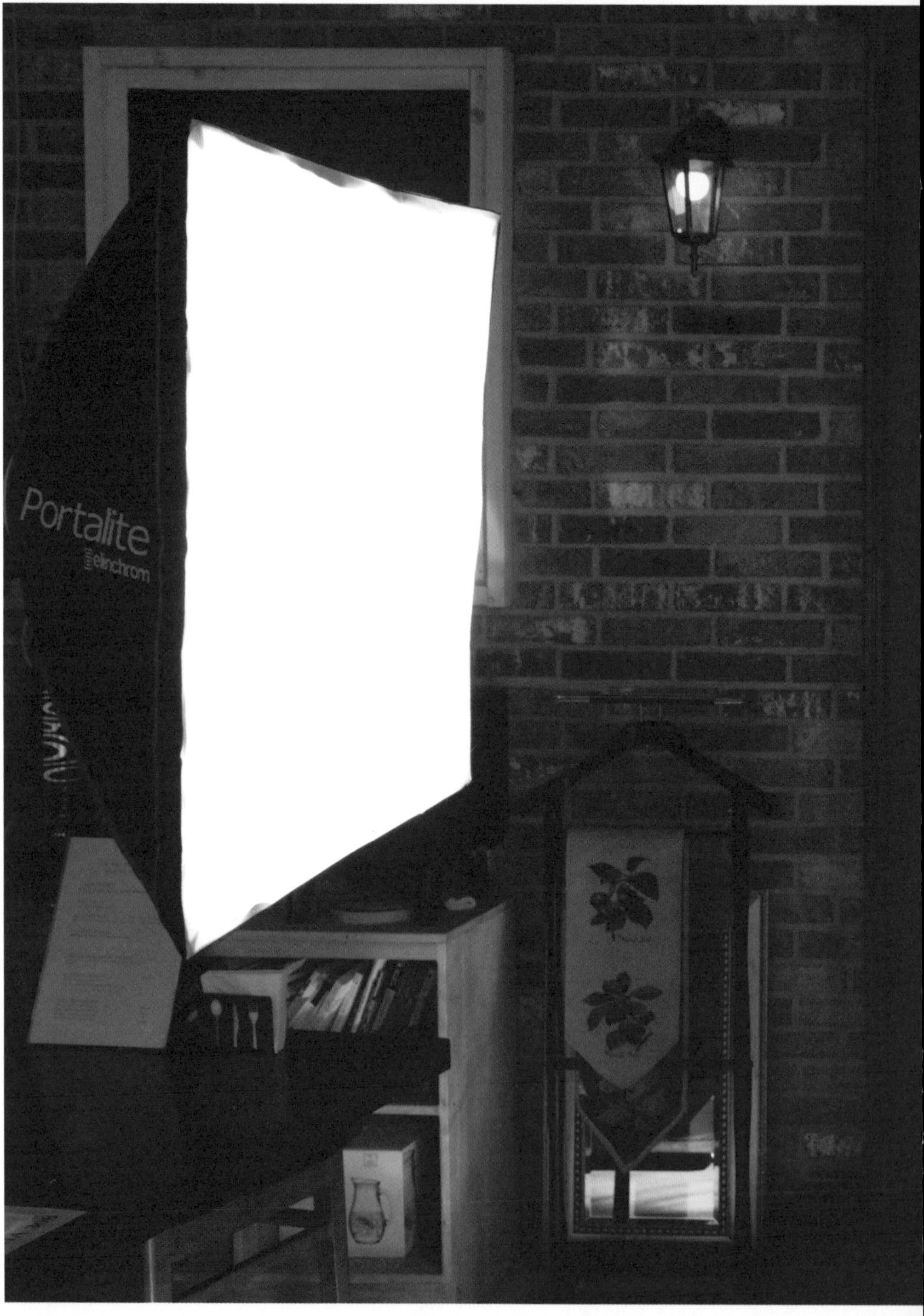
Portalite
elinchrom

내 식당을 찾아온 나의 어머니를 위해서

: 베르디의 〈라 트라비아타〉와
수비드 스테이크

사랑만 주다 떠나는 여인

우리나라에서 최초로 공연된 오페라는 베르디의 〈라 트라비아타〉이다. 1948년 초연 당시의 제목은 〈춘희〉였다. 훗날 김자경 오페라단을 설립한 원로 성악가 김자경이 여주인공 비올레타 역을 맡았다. 해방 후 6.25전쟁 이 일어나기 전의 혼란스러운 시대였는데도, 명동에서 열린 이 공연은 큰 인기를 끌며 성공을 거두었다고 한다.

〈라 트라비아타〉는 전 세계적으로 가장 무대에 많이 올라가는 오페라 중 하나이다. 그만큼 대중적으로 인기가 있는 작품인데, 한국 사람들의 정서와도 잘 맞아떨어지는 부분이 있어서인지 우리나라에도 자주 공연된다.

옛날 무성영화 시절의 〈이수일과 심순애〉에 나오는 '물질적 가치와 진정한 사랑' 사이에서 갈등하는 신파적 정서와도 통하는 데가 있다.

이 작품은 베르디가 프랑스 작가 알렉상드르 뒤마 2세의 〈동백 아가씨 La Dame aux camélias〉라는 소설을 바탕으로 만들었다. 오페라의 여주인공 이름은 '비올레타', 원작소설의 여주인공 이름은 '마르그리트'로 한 달 중 25일은 흰 동백꽃, 나머지 5일은 빨간 동백꽃을 들고 사교계 파티에 나타났다. 그래서 우리나라에서 번역될 때 '동백꽃 춘椿' 자를 써서 '춘희椿姬'라는 제목이 되었고, 초연 때의 오페라도 이 제목으로 공연되었다.

베르디의 오페라 제목인 '라 트라비아타'에서 '라la'는 여성 정관사이고, '트라비아타Traviata'는 '길을 잘못 든 여자'라는 뜻이다. 비올레타는 프랑스 사교계의 고급 창녀, 정확히 말하면 '코르티잔courtesan'인데 이는 사교계에서 상류층 남성의 정부情婦 역할을 하던 여성을 뜻한다. 베르디가 이 오페라를 초연했을 당시엔 당대의 사회적 모순과 위선을 적나라하게 비판하는 파격적인 작품으로 센세이션을 일으켰다.

화려하게 치장했지만 마음은 늘 외로웠던 여인, 항상 수많은 남자들의 시선을 받았지만 평생에 걸쳐 진심으로 사랑했던 사람은 알프레도 한 사람밖에 없었던 여인. 진실한 사랑이 이뤄지기 직전에 병으로 세상을 떠나는, 비극으로 끝나는 한 여자의 일생을 그린 작품이다. 아무리 귀족 남자들로부터 값비싼 선물을 받았어도 그녀가 정말로 받고 싶었던 단 하나의 선물은 한 사람의 진심이었을 것이다. 그런데도 그 한 가지를 충분히 받지도 못하고 그저 남들에게 사랑만 주다 떠난 여인. 내가 생각하는 비올레타는 그런 여인이다.

그런 점에서 볼 때 비올레타는 이 세상 모든 여인들, 나아가 이 세상 모든 어머니들의 일생을 떠올리게 한다. 극중에서 비올레타는 어머니가 되어보지 못하고 눈을 감는다는 점에서 다르지만, 이 세상 모든 어머니들의 삶도 비올레타가 그랬던 것처럼 다른 이들에게 사랑을 주기만 하지, 충분히 받지는 못한다는 생각이 든다. 자식들에게, 남편에게, 가족들에게 다 퍼주고 희생하기만 하고 정작 자신은 퍼준 만큼 받지는 못하는 것이다. 사랑을 주기만 하다 언젠가 떠나게 될 사람. 그래서 오페라 〈라 트라비아타〉는 나의 어머니의 삶을 떠올리게도 한다.

272

부모가 자식에게 바라는 것

자식들은 부모가 살아계실 때는 그 소중함을 모르다가 떠나시고 난 후에야 후회를 한다. 후회해도 늦을 걸 알면서도 말이다. 팔순을 훌쩍 넘긴 우리 어머니도 언젠가 내 곁을 떠나실 텐데, 하루하루 약해지신다는 걸 뻔히 알면서도 아들로서 드릴 수 있는 것들을 충분히 채워드리지 못하고 있다. 알면서도 못 한다.

성악가가 되겠다고 했을 때 가장 크게 반대한 사람은 어머니였다. 그런데 사실 아주 어릴 때부터 나는 클래식음악과 오페라를 항상 듣고 자랐다. 집에는 늘 오페라 음반이 있고, 라디오 주파수는 클래식 채널에 고정되어 있었다. 클래식음악 애호가이자 오페라 마니아인 어머니 덕분이었다. 성악가의 길을 가겠다고 어머니에게 말씀드린 날, 어머니는 표정이 굳으시더니 잠시 후 다락에서 뭔가를 잔뜩 꺼내오셨다. 오래된 LP판이었는데 죄다 오페라 음반이었다.

"이게 다 네 아버지 것들이다."

그러고는 그동안 한 번도 말씀 안 해주셨던, 내가 만 두 살 때 돌아가신 아버지 이야기를 하셨다. 아버지가 사실은 굉장한 오페라 애호가이자 아마추어 성악가였다는 것이다! 성악가로 활동한 건 아니었지만 일본 동경대 유학 시절, 당시 일본 최고의 명문 음대였던 우에노 음악학교에서 레슨까지 받았다고 한다. 법대생이 일부러 음악학교에 가서 청강을 하며 레슨을 받을 정도로 성악을 사랑했던 것이다. 체격 좋고 목청 좋은 아버지는 테너였다고 한다. 내가 아버지의 피를 물려받아 성악에 끌리게 되었다는 걸 그날 처음 알았다.

그 말씀을 해주시는 어머니 표정은 복잡해 보였다. 아버지가 돌아가신 후 평생 홀로 지낸 어머니는 세상을 떠난 남편에 대한 자부심이 엄청났다. 내게 늘 아버지 이야기를 해주셨고 내가 아버지처럼 학문적으로 훌륭한 사람이 되길 바라셨다. 그런데 아버지를 닮은 아들이 공부 쪽이 아닌 음악을 하겠다고 하자 심경이 복잡해지신 것이다. 옛날 어르신들 생각엔 '예체능=

딴따라'였다. 누가 시키지도 않았는데 아들이 아버지처럼 성악가를 꿈꾸니 그 또한 묘한 운명이라는 걸 직감하셨을 것이다.

우리나라 부모들이 다 비슷하겠지만 우리 어머니도 자식이 명문대 코스를 밟기를 원하셨다. 게다가 아버지는 서울대 법대 교수, 어머니도 서울대를 나와 교직에 계셨던 분이 아닌가. 그 자부심과 자존감은 누구에게도 비할 바가 아니었다. 교육자답게 늘 엄하셨고 자식들을 '애비 없는 후레자식' 소리 안 듣게 하려고 매사에 완벽을 기하셨다.

그런 점에서 볼 때 나는 어머니가 바라는 모습대로 성장한 건 아니었다. 엄한 어머니 밑에서 늘 위축되어 있었고, 숫기도 없고 내성적이었다. 공부보다는 목소리로, 노래로 두드러졌다.

88서울올림픽이 개최되었을 때 고1이었는데, 코리아나의 '손에 손 잡고'를 전교생 앞에서 불렀을 정도로 노래 쪽으로 두각을 나타냈다. 공부가 아닌 쪽에 개성과 재능을 가진 아이였지만 그런 개성이 내 어머니가 바라는 방향은 아니었을 것이다. 시대 분위기도 그랬다. 지금도 크게 변하지 않은 것 같지만 1980년대는 공부 잘하는 놈 아니면 문제아나 열등생으로 낙인찍고 아이들을 무슨 쇠고기 등급 매기듯 성적으로만 등급 매기던 시대였다. 그래서 난 집에서나 학교에서나 항상 내가 '뭔가 잘못된 아이'인 줄로만 알았고 늘 죄책감을 갖고 성장했다.

세월이 흘러 나 자신이 부모가 되고 나니 내 어머니가 어떤 마음으로 자식들을 키웠을지 이제야 비로소 이해되는 것들이 많다. 그게 어떤 세월이었을지 자식이 어떻게 다 헤아릴까? 다만 엄한 어머니가 자식한테 미처 해주지 못했던 것들을 내 자식에게는 해줘야겠다는 생각으로 아이를 키운다. '공부해'라는 말 대신 아이 말에 귀 기울이고, 엄한 부모 말고 살갑게 살 부비는 친구 같은 아빠가 되고 싶다. 어쩌면 내가 어머니에게 받고 싶었던 것들을 과거 어린 시절의 나에게 되돌려주고 싶은 마음일지도 모른다. 내 아들은 나처럼 상처 받지 않길 바라니까.

가끔 아들한테 시험 못 봐도 된다고, 학교 안 가고 싶으면 안 다녀도 된다고, 대학도 꼭 가야만 하는 건 아니라고 말하면 아내는 그런 말 하지 말라고 손사래를 친다. 그래도 난 꿋꿋하게 이렇게 말해준다.

"동하야, 아빠 네가 학교 안 다녀도 아무 상관없어, 네가 행복하지 않으면 다 무효야."

그럼 아들은 이렇게 묻는다.

"근데 아빠는 일류대학 나왔잖아."

"아빠 진짜 하고 싶은 걸 찾아서 그래. 아빠 다른 건 진짜 못했는데 노래는 잘했어. 근데 노래를 하려면 대학을 가야 되더라고. 그래서 노래하려고 대학 갔어."

"그래? 그럼 내가 필요 없으면 안 해도 돼?"

"응. 너도 나중에 네가 진짜 좋아하는 걸 찾으면 열심히 할 거야. 너 배고프면 어떡해? 밥 차려먹지? 머리가 고프면? 공부하겠지. 그런 거야. 머리가 고파야 뭘 하지. 너한테 꼭 필요하다고 생각되면 그땐 공부를 해. 근데 그때 가서 재료가 너무 없으면 하기 힘들 거야. 그래서 어느 정도는 해야 돼. 1등 하란 얘기 안 해. 대신에 너무 뒤처져도 문제가 생기니까 조금은 하는 게 좋겠지?"

"알았어, 아빠. 나 나가 놀아도 되지?"

"으응? 응!"

우리의 '대화(?)'는 이처럼 싱겁게 끝나지만, 난 아이가 충분히 알아들었을 거라고, 스스로 자기가 갈 길을 알아서 찾게 될 거라고 믿는다.

음식으로 하는 모자의 대화

어머니가 의도하신 건 아니었겠지만, 내가 맛에 민감하고 요리를 좋아하는 데에는 어머니의 가정교육의 영향이 무척 컸다. 가정 과목 교사였던 어머니는 자식들에게 먹이는 음식에 온 정성을 다하셨다. 어머니의 부엌엔 화학조미료 같은 건 있어본 적이 없다. 뭐든 좋은 재료만 써서 최고로 고급스럽게 만들어 먹이셨다. 함박스테이크 같은 서양음식부터 중화요리까지, 그 시절 다른 집 아이들은 자주 먹어보지 못하는 음식들도 손수 다 만드셨다. 내 친구들은 우리 집에 놀러오면 이렇게 맛있는 건 난생 처음 먹어본다며 신기해했다.

그중 가장 기억에 남는 음식은 '롤 캬베츠'라는 일본식 퓨전음식이다. 캬베츠는 일본식 발음의 캐비지, 즉 양배추를 뜻한다. 다진 쇠고기에 갖은 양념을 하고 삶은 양배추에 말아 이쑤시개로 고정시킨 후 육수를 살짝 부어 끓여내는 음식이다. 케첩을 넣어 토마토소스로 끓여도 되고, 맑은 국물에 끓여내기도 한다. 어머니가 겨울이면 해주시던 따끈한 롤 캬베츠는 세상에서 제일 맛있는 음식이었다.

자식에게 최고의 음식만을 만들어주시던 엄격하고 자존심 강한 어머니. 그 어머니가 이제는 한 해 한 해 힘이 빠지시는 게 보인다. 그래도 70대까지만 해도 자식 일에 이것저것 잔소리도 많이 하시더니 언제부턴가 간섭을 덜 하신다. 사실은 그게 맘이 아프다. 이제는 간섭도 못하실 연세가 됐다는 것이. 아마 많은 자식들이 그럴 것이다. 언제부턴가 부모님이 전처럼 목소리를 크게 내지 않으실 때, 그제야 가슴이 덜컥 내려앉는 거다. '아, 나의 부모님이 늙으셨구나!' 하고. 어릴 적 내 엄마는 되게 무서운 사람이었는데 연세가 드시면서 이가 약해져 딱딱한 것도 잘 못 드시게 되었다. 엄격했던 엄마가 좋았던 건 아니지만, 약해지는 어머니를 보면 한편으로 짠하다.

그래서 어머니에게 종종 부드러운 육류 요리를 해다 드리곤 한다. 부드러운 소고기 안심 부위를 손질해 진공팩으로 포장해서 갖다 드리기도 하고, 양고기를 푹 고아 서양식 찜을 해서 갖다 드리기도 한다. 무덤덤하고 무뚝뚝한 아들이 기껏 어머니 집에 가서는 "이거 데워 드세요." 하고 오는 게 다다.

요즘엔 가끔 친구 분들을 데리고 아들의 가게에 와서 식사를 하고 가시

언제부턴가 나는
'내일'이라는 단어를 잘 안 쓴다.

오늘만 사는 사람처럼 산다.

그저 아침에 눈 떴을 때
'어, 오늘도 살아 있네!' 하고
거기에 감사한다면
그 하루만큼은
좀 더 행복한 하루가 될 거라고
생각할 뿐이다.

보다 더

오빠스런 차스타와~
오리를 먹고 갑니다.

오래도 최고!
오리도 최고!
인품도 최고!
사랑합니다

기도 한다. 성악가가 된 아들이 오페라 무대에 섰을 때 그 누구보다 기뻐하시더니, 〈인간극장〉이 방영된 후에는 "세상에, 내가 아들 때문에 TV에도 다 나오다니! 주변에서 다 알아보고 연락 오고 난리도 아니다." 하면서 싫지 않은 내색을 하신다.

이가 안 좋아지신 어머니를 위해 해드릴 또 하나의 고기요리는 수비드 스테이크이다. '수비드Sous Vide'는 프랑스어로 '진공 포장under vacuum'이라는 뜻인데 일반적으로 저온으로 천천히 익히는 조리법을 뜻한다. 진공 포장한 재료를 미지근한 물이 담긴 수조에 넣고 48시간에서 길게는 72시간 동안 익히는 것이다. 이렇게 익히면 고기 육질이 정말 부드러워진다. 조리시간이 길기 때문에 고급 다이닝 레스토랑에서는 미리 예약을 해야 먹을 수 있다.

우리 가게도 얼마 전부터 수비드 방식으로 익힌 스테이크를 메뉴에 넣었다. 내가 하는 방식은 스테이크를 섭씨 54도에서 1시간 동안 익힌 후 꺼내서 굽는 것이다. 몇 도에서 얼마나 익히느냐는 요리사마다 조금씩 다른데, 54도는 여러 실험 끝에 내가 설정한 온도다. 이렇게 익힌 고기를 구우면 육질이 아주 부드러워 칼질할 때도 부드럽게 잘리고, 이가 약한 어머니도 드시기 편할 것이다.

그동안 '사랑합니다, 고맙습니다' 같은 말은 잘 못했어도 이런 말은 어머니에게 자주 건넨다.

"어머니, 이번엔 뭐 드시고 싶으세요?"

어머니에게 뭔가를 해드리고 어머니가 그걸 잘 드실 때, 그 또한 우리 모자의 대화다. 대화가 꼭 말로 하는 것만은 아니니까.

때로는 휴식이 필요한 그대에게

: 차이콥스키의 〈사계〉와
피자 비앙카

그냥 멍 때리고 싶은 날

살다 보면 그런 날이 있다. 할 일 없이 그냥 멍 때리고 싶은 날. 그럴 때 나는 이런 상상을 한다. 햇볕 좋을 때 집 밖에 테이블과 의자 하나 놓고, 와인 잔 말고 그냥 아무 유리컵에다 와인 따라놓고, 작은 도마 위에 이탈리아 햄 '살라메' 몇 점 잘라놓고, 팔짱 끼고 의자 등받이에 기댄 채 하루 종일 아무 생각 없이 앉아 있는 거다. 심심하면 와인 한 모금에 살라메 한 조각 집어먹고, 또 다시 팔짱 끼고 가만히 멍 때린다. 이탈리아에선 동네 노천카페나 바에서 간단한 음식 하나 시켜놓고 한 서너 시간 가만히 앉아 있는 사람들 모습이 흔했다. 내 상상 속에선 세상에서 제일 편안한, 너무나 그리운 휴식의 풍경이다.

식당을 오픈한 후로는 2년 가까이 거의 하루도 제대로 쉬어보지 못했다. 손님이 점점 많아져 바쁘다는 건 좋은 일이지만 가끔은 다 내려놓고 쉬고 싶을 때도 있다. 일주일에 하루 있는 휴무일엔 가족을 챙겨야 하고, 1년에 한 번 가는 여름휴가 때도 말은 휴가지만 2박 3일의 일정대로 움직여야 한다. 요즘 그나마 유일하게 쉬는 시간은 아침 시간이다. 7시쯤 아내보다 먼저 가게로 출근하는데, 혼자 있는 짧은 그 시간이 내게 주어진 유일한 자유시간이다. 음악도 듣고, 노래도 부르고, 혹은 아무것도 안 하고 멍하니 있곤 한다. '멍 때리는' 건 과학적으로도 정신건강에 좋다고 한다. 뇌파도 내려가고 심장박동도 느려지고 수면은 아니지만 수면 같은 상태가 되면 뇌도 쉴 수 있다고 한다. 그러나 정말 제대로 멍 때리는 건 결코 쉬운 일이 아니다. 해야 할 일들과 걱정거리가 떠오르기 때문이다.

가만히 있는 걸 견디지 못하고 쫓기듯이 사는 건 한국 사람들의 일반적인 모습이다. 그걸 가장 잘 볼 수 있는 게 식문화다. 문화가 많이 바뀌었다고는 하지만, 손님들이 식사하는 모습을 보면 우리나라 사람들은 서양식 코스요리 문화를 여전히 참 낯설어한다는 걸 알 수 있다. 전채요리가 나오면 핸드폰으로 사진을 찍은 후 급히 먹고, 빈 그릇을 치우면 다음 코스가 나오기 전까지 멍하니 있거나 안절부절못한다. 다음 요리가 나오기까지의 기다림과 공백을 못 견뎌한다. 한정식처럼 한 상 가득 깔아놓고 채워놓아야 안심하고 먹는다. 얼른 먹고 뭔가를 해야 한다는 강박관념을 갖고 있다.

햇볕 좋을 때 집 밖에
테이블과 의자 하나 놓고,
와인 잔 말고
그냥 아무 유리컵에다 와인 따라놓고,
작은 도마 위에
이탈리아 햄 '살라메' 몇 점 잘라놓고,
팔짱 끼고 의자 등받이에 기댄 채
하루 종일 아무 생각 없이 앉아 있는 거다.

심심하면 와인 한 모금에
살라메 한 조각 집어먹고,
또 다시 팔짱 끼고 가만히 멍 때린다.

음식문화란 건 시간의 문화이다. 그래서 어떻게 보면 시간을 즐기질 못하고 사는 불쌍한 사람들 같다는 생각도 든다. 이탈리아 사람들의 식사시간이 세 시간이나 되는 건 기다림과 공백, 그리고 음식 자체를 즐기기 때문이다. 그들의 식문화는 먹고 나서 뭘 하려 하는 게 아니라 먹는 것 자체가 유희이고 즐거움이고 사교시간이다. 우리나라에 돌아온 지 어느덧 꽤 됐지만 가끔은 이탈리아 사람들의 그런 여유 있는 식사시간이 그리워질 때가 있다. 나 역시 한꺼번에 여러 가지 일을 하며 쫓기듯이 살고 있기 때문이다.

열두 달의 흐름대로 천천히

그래서 내가 꿈꾸는 휴식은 늘 상상 속에서만 이루어진다. 그저 해가 질 때까지 아무것도 안 하고 한자리에 앉아서 자연의 시간의 흐름을 느끼는 장면을 그려본다. 해가 지고 나서 어둑해질 무렵, 홀짝거린 와인 때문에 알딸딸해지면 그냥 들어가서 잔다. 그렇게 하루만 보냈으면 좋겠다. 더한 음식도 술도 필요 없다. 대단한 휴가를 원하는 게 아닌데도 막상 실천하기가 쉽지 않다.

필요한 게 하나 더 있다면 음악이다. 이런 휴식에 어울리는 음악 하면 차이콥스키의 〈사계〉가 떠오른다. '사계'라고 하면 비발디의 사계가 유명하다. 그에 비해 차이콥스키의 〈사계〉는 사람들이 많이 듣거나 많이 연주

되는 곡은 아니다. 비발디의 〈사계〉는 말 그대로 봄, 여름, 가을, 겨울의 사계절로 구성되어 있는 반면, 차이콥스키의 〈사계〉는 제목은 사계절이지만The Seasons, 원제: Les saisons Op.37 1월부터 12월까지 12곡으로 구성되어 있다. 부제도 '12개의 성격적 소품'이다. 12곡으로 된 일종의 피아노 소품집인데, 차이콥스키는 이 곡을 정말로 한 달에 한 곡씩 썼다. '누벨리스트'라는 월간 음악잡지에서 매달 한 편씩 써달라는 의뢰를 받고 1875년 12월부터 이듬해 11월까지 한 곡씩 작곡한 것이다. 이 12곡을 묶어서 '더 먼스The Months'라고도 부른다.

종일 멍하니 앉아 햇볕 쬐고 쉬면서 이 작품집을 1월부터 12월까지 차례로 듣다 보면 천천히 흐르는 자연의 에너지가 느껴진다. 나는 이 음악을 들으면서 추운 지방인 러시아의 작곡가가 12달의 계절의 흐름을 주제로 곡을 썼다는 게 참 재미있다는 생각을 했다. 북쪽 나라인 러시아는 혹독하게 추운 날이 많고 사계절의 변화도 남쪽 나라에 비해 변화무쌍하지 않은 곳이다. 그런데도 매달 바뀌는 계절의 흐름에 대한 음악을 만들었다. 왜 그랬을까?

추운 독일에서 태어난 바그너가 자신의 마지막 오페라 〈파르지팔〉을 태양이 작열하는 이탈리아 휴양도시에서 썼던 것처럼, 많은 예술가와 문인들은 여행을 가서 보고 느끼고 들은 것들을 음악으로 만들거나 글로 썼다. 체코 사람 드보르자크도 거대한 미국 땅에 가보지 않았다면 '신세계 교향곡'을 쓸 수 없었을 것이다. 어떻게 보면 예술가들에겐 견문이 곧 작품이 된다. 차이콥스키도 생전에 유럽 각지로 여행과 요양을 다녔다. 열두 달의 변화가 뚜렷하지 않은 곳에 살던 작곡가가 계절에 대한 작품을 썼다는 건 어쩌면 계절 변화가 뚜렷한 나라에 가봤던 감동을 남기고 싶었던 게 아닐까? 그래서 차이콥스키의 〈사계〉를 듣고 있으면 오히려 계절에 대한 감동과 선망이 느껴진다. 마치 바쁘게 사느라 멍하니 있는 것조차 못하는 현대인들의 휴식에 대한 선망, 바램, 희망과도 비슷한 것 같다.

심플한 음식이 주는 휴식

요즘 한국 사람들은 스트레스가 쌓일 때 맵고 짜고 자극적인 음식을 즐겨 먹는다. "맵다, 맵다!"를 연발하면서 속 아파 죽을 것 같다며 괴로워하고, 얼얼해진 혀를 달래려고 단 음료수를 들이킨다. 먹고 나서도 다음 날까지 속이 아파 탈이 난다. 매운 건 사실 맛이 아니라 통각, 통증이다. 스트레스를 고통으로 푸는 것이다.

매운 것만큼 많이 찾는 게 단맛이다. 그런데 사실 매운맛과 단맛은 '맛있다'를 결정하는 맛은 아니다. 중독을 일으키는 맛이다. 혀가 마비된 채 자꾸 입에 집어넣는 것이다. 원래 전통 한국음식은 맵지도 달지도 않다. 흔히 요즘 젊은 사람들은 '단짠', 즉 달고 짠 맛의 조합을 좋아하는데, 한국음식도 달고 짜야 맛있다고 느낀다. 예를 들어 초등학생들한테 갈비찜의 맛을 써보라고 하면 열이면 열 '달다'라고 쓴다. 그런데 갈비찜은 단 음식이 아니다. 매운 음식도 아니다. 오랜 세월 숙성시킨 간장을 베이스로 한 깊은 장 맛이 진짜 갈비찜 맛이다. 하지만 이조차도 요즘엔 달고 짜기만 한 인스턴트 양념으로 개발되었다. 마치 양념치킨처럼 갈비에 달거나 짜거나 매운 양념을 묻히면 되는 줄 알고 그런 갈비를 맛있다고 느낀다. 놀랍게도 이탈리아 음식도 정말 제대로 만든 음식에는 설탕이 안 들어간다. 달지 않고 자극적이지 않다. 매운 음식도 이탈리아 고추인 페페론치노를 약간 넣은 정도다. 이 또한 혀끝을 살짝 스치고 지나가 "맵네" 하고 끝날 뿐이다. 먹고 나서 혀가 마비되고 속이 탈이 나는 매운 맛은 아니다.

내가 생각하는 좋은 음식은 먹을 때도, 먹고 나서도 편안한 음식이다. 불편한 요소가 하나도 없는 음식, 뭔가를 더 많이 넣기보다는 차라리 덜 넣은 음식, 고통과 중독을 주지 않는 음식. 내가 생각하는 진짜 이탈리아 음식, 혹은 '자연주의' 음식도 그런 거다. 흔히 우리나라 사람들은 이탈리아 음식이라고 하면 젊은 사람들만 좋아하는 음식, 심지어 '느끼한 음식'이라고 생각하기도 한다. 하지만 '느끼한 음식'이란 건 말도 안 되는 소리다. 우리나라 사람들이 세 살짜리 아이부터 아흔 살 어르신까지 쌀밥을 그냥 먹듯이, 이탈리아 사람들도 세 살짜리 아이나 아흔 살 할머니나 다 파스타를 먹는다. 잘 지은 쌀밥이 그러하듯이 좋은 음식이란 재료의 본질을 가장 잘 살린 음식이자 세대 갈림 없이 누구나 편안히 먹는 자연스러운 음식이다. 우리 가게에 오신 손님들은 연세가 있으신 어르신들도 거부감 없이 파스타

한 그릇을 비우시는 경우가 많다. 나는 그런 음식을 만들려고 노력한다.

어쩌면 음식도, 노래도, 인간관계도, 잠자리도, 뭐든 자연의 에너지를 따르는 자연스러움이 우리를 제대로 쉬게 해준다. 그러니까 정말 하루쯤 쉬고 싶다면 가끔은 편안한 음식으로 우리의 혀와 속을 쉬게 해줘도 나쁘지 않을 것 같다. 늘 먹던 매운 음식이나 치킨, 피자 말고 오히려 심심한 죽을 먹는다든가, 평소 고기를 많이 먹던 사람이라면 하루쯤 녹황색 채소를 넣은 샐러드로 한 끼를 때우는 것도 휴식이다. 늘 먹던 콜라 말고, 평소 같았으면 비싸서 거들떠도 안 보던 고급 생수를 사서 한 모금씩 음미하는 것도 좋은 방법이다.

이런 휴식에 어울리는 음식 중에 피자 비앙카pizza bianca가 있다. 이탈리아에서 먹어봤던 음식 중 깜짝 놀랄 정도로 심플하고 아무것도 안 든 음식이었다. 피자 비앙카는 '화이트 피자white pizza', 즉 '하얀 피자'라는 뜻인데 정말 도우 말고는 아무것도 없다. 로즈마리와 소금, 올리브오일만 조금 뿌렸을 뿐이다. 그런데 묘하게 로즈마리 향이 잘 어울리고, 약간 짭짤한 것이 아무 생각 없이 계속 뜯어먹게 된다. 피자 비앙카는 이탈리아에서는 거의 서비스처럼 아주 저렴한 가격에 주는 피자지만, 한국에서는 대중적으로 상품화되기는 어려운 피자다. 그래서 한국에 돌아온 후로는 이 피자가 생각날 때마다 집에서 해먹곤 했다. 밀가루 반죽해서 구우면 끝나니까 만들기도 쉽다. 피자 비앙카와 비슷한 이탈리아 빵 중에 '포카치아focaccia'가 있다. 요즘 시중의 빵집에서도 많이 파는 포카치아는 밀가루와 소금, 이스트만

루콜라를 얹은 치즈피자.

내가 생각하는 좋은 음식은
먹을 때도, 먹고 나서도 편안한 음식이다.
불편한 요소가 하나도 없는 음식,
뭔가를 더 많이 넣기보다는 차라리 덜 넣은 음식,
고통과 중독을 주지 않는 음식.

넣고 굽는 납작한 빵이다. 피자보다는 두껍고 식감이 더 말랑말랑하다.

하루라는 시간, 따뜻한 햇볕, 차이콥스키의 〈사계〉, 격식 안 차리고 아무렇게나 따른 하우스와인, 살라메, 그리고 심플함의 극치인 피자 비앙카. 여기에 딱 하나 더 보탠다면 파르미지아노 레지아노 치즈 한 조각. 대단히 화려한 상차림도 아니고 실천하기 어려운 것도 아닌데 막상 현실적으로는 못하게 되니, 오늘 하루도 또 바쁘게 쫓기듯이 보낼 게 뻔하다. 그래도 마음속으로 이런 휴식 한 장면을 또 다시 꿈꾼다. 어쩌면 휴식을 상상하는 것도 나름의 휴식 아닐까?

칠흑 같은 어둠 속에 있을지라도

2003년 이탈리아에서 대규모 정전 사태가 일어난 날이 있었다. 유독 기억이 나는 이유는 그 무렵 로마에서 열린 콩쿠르에 나갔다가 동양인 최초로 유럽 비평가상을 받아 눈물 나도록 가슴이 벅찼기 때문이다.

상을 받고 돌아오는 길에 친한 형네 집에 들러 축하 맥주를 한잔하기로 했다. 마침 그날은 '노테 비앙카Notte Bianca, 하얀 밤'라는 축제 날이라서 평소 같으면 일찍 문 닫던 레스토랑과 상점들이 밤샘 영업을 하고 동네 사람들이 다들 거리로 쏟아져 나와 노는 날이었다. 전력량이 엄청난 날이라는 얘기다.

기분 좋게 한잔을 하려는데 갑자기 집안 불이 꺼지는 게 아닌가! 깜짝 놀라 다 같이 나가보니 온 동네 전체가 깜깜했다. 이탈리아 전역이 정전이 된 것이다! 이탈리아는 전기를 자급하지 못해 인근의 다른 나라에서 끌어다 쓰고 있었는데 그날 과도한 전력사용 때문에 전력선이 끊기면서 한 나라 전체가 암흑이 되었다.

더 놀라운 건 여느 대도시에서 있을 법한 무서운 사건 사고가 일어나지 않았다는 점이다. 동네 사람들은 별일 아니라는 듯 집으로 돌아가 잠을 청했다. 우리도 촛불 하나 켜놓고 마시던 맥주잔을 다시 부딪쳤다. 사방은 칠흑같이 어두웠지만 열어놓은 창밖에서는 선선한 바람이 불어 들어오고 방 안에는 촛불 불빛이 일렁거렸다.

"캬, 낭만적이다!"

세월이 흐른 지금도 그날 밤의 낭만이 행복한 기억으로 남아 있다. 곁에 소중한 사람들이 있다면, 그 사람들과 잠시나마 좋은 시간을 나눌 수 있다면, 언제 끝날지 모르는 암흑조차도 훗날엔 행복한 기억이 될지 모른다. 어떻게 보면 행복이란 어떤 결과를 말하는 게 아니다. 결과란 건 뭐든지 짧고 유한하다. 진정한 행복은 결과물에서 오는 게 아니라 오히려 결과를 생각하지 않고 살 때 찾아온다.

누군가가 그런 말을 했다. 세상이 어두운 건 내 손에 들고 있는 손전등을 아직 켜지 않아서라고. 지금 이 순간 사방이 칠흑처럼 깜깜하게 느껴진다 할지라도 손안의 작은 전등 하나는 밝힐 수 있을 것이다. 그리고 지금의 암흑을 웃으면서 이야기할 수 있는 날이 올 것이다. 그 언젠가 내 어깨를 두드리며 건네주던 이탈리아 할아버지의 말 한마디를 대신 전한다.

"코라지오Coraggio, 용기를 내! 언젠가 활짝 웃을 수 있는 날이 올 테니!"

전준한의 오페라 식당

펴낸날	초판 1쇄 2018년 6월 30일

지은이	**전준한**
펴낸이	**심만수**
펴낸곳	**(주)살림출판사**
출판등록	1989년 11월 1일 제9-210호

주소	경기도 파주시 광인사길 30
전화	031-955-1350 팩스 031-624-1356
홈페이지	http://www.sallimbooks.com
이메일	book@sallimbooks.com

ISBN	978-89-522-3934-1 (03810)

※ 값은 뒤표지에 있습니다.
※ 잘못 만들어진 책은 구입하신 서점에서 바꾸어 드립니다.
※ 이 도서는 한국출판문화산업진흥원 2018년 우수출판 콘텐츠 제작 지원 사업 선정작입니다.

이 도서의 국립중앙도서관 출판예정도서목록(CIP)은 서지정보유통지원시스템 홈페이지
(http://seoji.nl.go.kr)와 국가자료종합목록시스템(http://www.nl.go.kr/kolisnet)에서
이용하실 수 있습니다.(CIP제어번호: CIP2018014425)

책임편집·교정교열 **황민아**